Le prodige de Florence

Florence ne pourra jamais oublier Stardust. Un virus s'était propagé au Haras des Avelines, où ses parents élevaient des chevaux. Le haras avait dû être vendu, et même sa jument préférée n'avait pas été épargnée. Ses parents avaient retrouvé du travail au Manège de la Vallée, mais Florence était sûre que rien ne serait jamais plus comme avant. Jusqu'au jour où naît un petit poulain, à l'air chétif, et pour qui Florence éprouve immédiatement beaucoup d'affection. Personne ne croit qu'il restera en vie, sauf Florence. Est-ce que l'amour et les soins de Florence amèneront un prodige?

Stéphanie Aubé

D0925383

Titre original:
Kristy's Great Idea.
Copyright © MCMLXXXVI by Ann M. Martin.
All rights reserved.
© MCMXC by Editions Chantecler,
division de la Zuidnederlandse Uitgeverij N.V.,
Aartselaar, Belgique.
Tous droits réservés.
D-MCMXC-0001-124

JOANNA CAMPBELL

LE MANEGE

· DE LA VALLEE ·

Le prodige de Florence

Chantecler

Chapitre 1

Du porche de sa nouvelle maison, Florence Demoulin contemplait les prés sinueux et les enclos aux palissades blanches du Manège de la Vallée.

Florence avait douze ans et les derniers mois qu'elle venait de vivre avaient été les plus horribles de toute sa vie. D'abord, un virus avait sévi au Haras des Avelines, dans le nord de Châteauville, où sa famille élevait des chevaux: cinq de leurs meilleures juments poulinières et un poulain étaient morts. Comme si cela n'avait pas suffi, ses parents avaient fait le constat amer que leur assurance ne couvrait pas leurs pertes; le haras devrait être mis en vente, les chevaux survivants aussi. Eux-mêmes devraient chercher du travail ailleurs. Par chance, ils en avaient trouvé, comme éleveurs de chevaux au Manège de la Vallée.

En pensant à cela, Florence eut envie de pleurer. Le Manège de la Vallée était aussi beau et bien tenu que le Haras des Avelines, là aussi des douzaines de pur-sang, à la robe lisse, s'ébattaient dans les enclos. *Mais ce n'est pas les Avelines,* pensa Florence, *et les chevaux ne sont pas à nous!* Ils appartenaient tous à René

Delacroix, dont Florence était sûre qu'il serait odieux.
Elle tapa violemment du poing sur la balustrade. Elle
en voulait à ses parents d'avoir vendu les Avelines, et
était en colère après le monde entier!
Elle soupira profondément et rentra dans la maison.
M. et Mme Demoulin prenaient le café dans la cuisine.
L'un et l'autre avaient l'air tendu et fatigué.
Après tout, elle ne devrait peut-être pas être si mé-
contente d'eux. Leurs visages reflétaient leurs préoc-
cupations et tous d'eux allaient aussi mal qu'elle.
"Tu es prête pour la visite?", lui demanda sa mère,
"monte donc chercher ton frère et ta sœur."
Florence sortit dans le couloir et monta au deuxième
étage. "Laura, Thomas!", appela-t-elle en atteignant
le palier, "venez, on part."
Comme elle n'obtint pas de réponse, elle avança
jusqu'à la chambre qu'elle partagerait avec sa sœur
aînée, âgée de quinze ans.
Laura apparut. "Je suis occupée, en plus, je me fiche
de visiter le manège."
"Moi aussi", dit Florence, "mais nous voilà coincés
ici. Tu n'es pas un peu curieuse, malgré tout?"
"Cela ne doit pas être très différent des Avelines."
"C'est plus grand. Papa dit qu'ils ont leur propre
écurie de course."
"Et alors? J'en ai marre des chevaux et de tout ce qui
s'y rapporte! Je reste ici pour ranger mes vêtements."
C'est alors que Thomas, leur petit frère de sept ans,
s'engouffra dans la chambre. "Je suis prêt!", cria-t-il.
Il était trop jeune pour comprendre ce qui s'était passé
aux Avelines. Il avait les cheveux en bataille et l'une

6

de ses joues était toute sale. Laura et lui avaient les mêmes cheveux blond cuivré, mais ceux de Laura étaient parfaitement coiffés. Seule Florence avait les cheveux bruns de leur père et ses yeux noisette.

Thomas se précipita pour sauter sur le lit de Laura. Celle-ci poussa un cri strident et attrapa une brassée de vêtements qu'elle s'apprêtait à pendre.

"Va donc sauter sur le lit de Florence!", cria-t-elle, "c'est déjà la pagaille!"

Florence prit la main de Thomas, le tira du lit de Laura et l'entraîna hors de la chambre.

"Viens, Thomas. Qu'elle aille au diable!"

Leurs parents les attendaient dans le hall. "Vous y êtes?", demanda M. Demoulin, "Où est Laura?"

"Elle ne veut pas venir", dit Thomas.

"Laura!", appela Mme Demoulin sévèrement, "Nous t'attendons!"

Laura apparut en un éclair. "Pourquoi faut-il que je vienne? Je veux ranger mes affaires."

"Tu auras tout le temps de le faire plus tard. Pour l'instant, consacre-toi à ta famille", répondit sa mère, "nous allons tous mal à cause du déménagement, mais il nous faut faire contre mauvaise fortune bon cœur.

Tout en s'éloignant de la maison, le long de l'allée de gravier, Florence sentait le parfum de l'herbe nouvelle, d'un vert très vif. Sur les arbres, en bordure du chemin et des enclos, de jeunes feuilles poussaient. Les palissades avaient été fraîchement repeintes au blanc de chaux. *Si seulement nous étions venus ici pour d'autres raisons*, pensa Florence.

M. Demoulin les conduisit dans la première des longues écuries, bien éclairées. Elle sentait le cheval et le foin coupé. D'habitude, cette odeur était un vrai parfum pour Florence. Mais maintenant, ça lui rappelait des souvenirs de sa dernière visite aux écuries des Avelines, quand elle était allée dire adieu à Stardust, sa jument attitrée. Elle avait monté Stardust, dès qu'elle avait été assez grande pour prendre du galon et quitter Tamara, leur poney. Ensemble, elles avaient passé des heures et des heures à tourner autour de la ferme. Et maintenant Stardust appartenait à quelqu'un d'autre! Florence en avait la gorge nouée. Il fallait qu'elle pense à autre chose, sinon elle allait se mettre à pleurer.

Un homme aux cheveux grisonnants se précipita vers eux et serra la main de M. et Mme Demoulin. Les parents de Florence avaient déjà rencontré presque tout le personnel permanent, lorsqu'ils étaient venus se présenter pour la place. M. Demoulin présenta Eric Pauwels comme l'homme qui s'occupait des juments prêtes à mettre bas.

"Enchanté de faire votre connaissance", dit-il aux enfants, puis il s'adressa à M. Demoulin: "Nous avons un joli petit poulain, qui est né ce matin. Vous aimeriez peut-être y jeter un coup d'œil?"

Eric les conduisit vers un grand box carré. Ils regardèrent par-dessus la barrière et virent un poulain au pelage crépu, noir comme le charbon, pelotonné sur la paille.

"Il a déjà fait un petit tour", dit Eric à M. Demoulin, "il est solide sur ses pattes, il prend juste un peu de repos maintenant."

Florence souleva Thomas pour qu'il puisse voir un peu mieux. Elle adorait les petits poulains malhabiles. Aux Avelines, elle aidait à les conduire aux enclos, quand ils étaient suffisamment vieux pour sortir avec leur mère. Mais aujourd'hui, Florence supportait à peine ce spectacle.

"Oh, regardez", cria Thomas, "il se lève!"

Le poulain déplia lentement ses longues jambes de sous son petit corps et essaya de se dresser, en vacillant. Il oscilla et perdit presque l'équilibre, mais sa mère hennit doucement en signe d'encouragement, et, en un éclair, il tint fermement sur ses pattes. Debout, pattes écartées, il regarda son public avec fierté et remua triomphalement sa minuscule queue.

"On a peine à croire que cet amas de pattes deviendra un jour un cheval de course puissant", dit Mme Demoulin.

Eric leur fit un signe de la main pour prendre congé. Ils continuèrent le long des écuries et des remises. Ils passèrent près des enclos, où les juments pleines paissaient. Dans d'autres enclos, des poulains d'un an, espiègles, faisaient les fous et batifolaient dans l'herbe fraîche.

A l'écurie des étalons, ils rencontrèrent Didier Romain, leur responsable. Il était petit et trapu; ses yeux bleus brillaient, quand il souriait. "Les étalons sont tous dehors dans les enclos. Venez voir."

Didier nomma les animaux, au fur et à mesure qu'ils avançaient, puis il leur montra les trois étalons primés du domaine. "Voici Ténébreux." Il indiqua un cheval d'un noir de jais, qui secouait son élégante tête. "Et ce cheval bai s'appelle Flash, le suivant, là-bas, c'est Tonnerre. Il a gagné les courses de Châteauville et le Grand Prix, il y a quelques années. Il est né et a été entraîné ici même.''

Florence avait du mal à détacher son regard de Tonnerre. Aux Avelines, ils n'avaient pas d'étalons, et, malgré elle, elle était intéressée. Il n'était pas aussi grand que les deux autres, mais, sans conteste, il était le plus beau. C'était un alezan, bien qu'il ait deux balzanes sur ses pattes de devant, et sa robe luisante brillait comme un sou neuf. Sa crinière et sa queue étaient longues, soyeuses et souples, et il se mouvait autour de son enclos avec la grâce d'un danseur de ballet.

''Pourquoi sont-ils dans des enclos séparés?'', demanda-t-elle à Didier.

Il rit. ''On dit que les chevaux ne sont pas très intelligents, mais ils sont capables de tout pour se mettre en difficulté. Particulièrement les étalons. Si nous leur en donnions la possibilité, ils se battraient entre eux, c'est la raison pour laquelle nous les séparons. Nous avons toujours un œil sur eux. Nous ne voulons pas que ces gaillards se blessent entre eux.''

Florence ne pensait pas que les chevaux étaient aussi bêtes que certains voulaient bien le dire. Il suffisait de les comprendre, de se faire aimer d'eux, de gagner leur confiance, et alors, ils se comportaient à merveille. Mais elle n'avait pas le temps de discuter. Ses parents les emmenaient déjà poursuivre leur visite. Le domaine était beaucoup plus grand que Florence ne l'avait imaginé. Après le calme plat des Avelines, toute cette activité la surprenait et l'angoissait presque. Elle jeta un regard inquiet autour d'elle, quand ils arrivèrent à la piste d'entraînement. Bien qu'on soit dimanche, Florence décelait l'animation et le prestige d'une grande écurie de courses.

Des lads levèrent la tête au passage des Demoulin. Ils profitaient du beau temps, assis dehors, sur des bancs, pour astiquer la sellerie et nettoyer les brosses. D'autres conduisaient des pur-sang à la robe luisante, à l'ombre des arbres à peine feuillus. Les chevaux étaient tous enveloppés de couvertures légères, vertes et jaunes, avec comme blason les lettres MV pour Manège de la Vallée.

Des cavaliers quittèrent l'aire d'entraînement pour la piste de course. D'autres ramenaient les chevaux déjà entraînés à l'écurie.

"Ils entraînent les chevaux pour la saison des courses", expliqua M. Demoulin, "certains sont déjà partis pour différents hippodromes, en particulier les chevaux de trois ans, qui préparent les courses de Châteauville. Je sais que M. Delacroix a plusieurs chevaux désignés, Ouragan par exemple. Ce poulain a fait merveille l'année dernière."

Il leur montra les deux grandes écuries où se trouvaient les chevaux de course, ainsi que les selleries et le bureau des entraîneurs. Il y avait une autre écurie pour le stockage du foin et de la nourriture et deux vastes remises qui abritaient l'équipement nécessaire à l'entretien de la piste d'entraînement et des terrains. Tout au bout de l'aire d'entraînement se trouvait un bâtiment long et bas, où étaient logés les gens qui vivaient au manège. A l'intérieur des écuries dans les boxes, on pansait les chevaux, qui avaient déjà subi l'entraînement sur la piste, le matin même. ''Y a-t-il de grands chevaux de course parmi tous ceux-là?'', ne put s'empêcher de demander Florence, tandis qu'ils dépassaient les boxes.

''Certainement, mais il faut le demander à Xavier Smets, l'entraîneur'', lui dit son père, ''il doit être quelque part par là. En fait, allons à la piste de course. Rappelez-vous que votre mère et moi n'aurons rien à voir avec l'entraînement, nous nous occuperons seulement de l'élevage, comme nous le faisions auparavant'', il baissa la voix et détourna les yeux un instant. Puis il redressa rapidement les épaules et entraîna sa famille.

La piste ovale ressemblait à un hippodrome, en plus petit. Elle était entourée de palissades basses, avec des poteaux installés sur tout le périmètre pour marquer les distances et les boîtes de départ se trouvaient sur un côté de la piste. Un homme se tenait là, hors de celle-ci. Il avait un chronomètre dans une main et observait la course d'un cheval et de son cavalier.

''C'est l'entraîneur, M. Smets'', leur dit M. Demoulin, alors qu'ils s'arrêtaient pour regarder. Cheval et jockey passèrent sur la piste, comme des éclairs, devant le poteau des 500 m, et M. Smets vérifia le temps sur son chronomètre. Le jockey ralentit le cheval, fit demi-tour et se dirigea au trot vers l'entraîneur.

''Pas mal!'', cria l'entraîneur, ''Mieux qu'hier. Il était comment?''

''Bien! Il est prêt'', cria le jockey en retour.

12

Florence observa d'abord le cheval, un autre alezan, puis le garçon sur la selle. Il avait l'air d'un adolescent, guère plus âgé que Laura. Il était assez grand, mince et plutôt mignon. Avec sa bombe sur la tête, il était difficile d'en dire plus à son sujet, si ce n'est que c'était un cavalier du tonnerre. Elle se demandait qui il était. Il n'avait pas l'air assez vieux pour être un vrai jockey.

Il sortit de la piste au pas, descendit de sa monture et conduisit le cheval vers l'entraîneur. M. Smets passa une main sur les jambes du cheval et hocha la tête. "Aucun échauffement. Nous lui ferons faire des essais demain, cinq tours de piste."

Il releva la tête, vit les Demoulin, et leva une main pour les saluer.

"C'est le premier jour, hein?", cria-t-il à M. Demoulin.

"Nous sommes arrivés ce matin." Philippe Demoulin sourit. "J'ai pensé faire faire une visite du domaine à ma famille. Voici ma femme, Hélène, qui va travailler avec moi."

"Ravie de vous connaître", dit Mme Demoulin en serrant la main de l'entraîneur.

"Et voilà mes enfants: Laura, Florence et Thomas."

L'entraîneur fit un signe de tête aux enfants et sourit.

"Jolie course", dit M. Demoulin au garçon, qui tenait le cheval, "et joli poulain aussi", ajouta-t-il pour l'entraîneur, "c'est celui de Tonnerre?"

"Ouais", dit Smets, "c'est un des poulains de deux ans les plus prometteurs. C'est Jean qui a travaillé avec lui. Vous connaissez Jean, le fils de M. Delacroix, n'est-ce pas?"

13

"Nous en avons entendu parler, mais nous ne l'avons pas rencontré. Comment ça va, Jean? Je suis Philippe Demoulin. Ma femme et moi allons diriger l'écurie."

"Salut", dit sèchement Jean, sans sourire ni tendre la main. Il tourna le dos aux Demoulin et termina sa conversation avec l'entraîneur. "Je pensais que nous pourrions l'entraîner depuis les boîtes de départ, demain. Qu'en pensez-vous?"

"Peut-être", dit l'entraîneur, "inutile de le bousculer. Monte-le jusqu'à l'écurie et demande à un palefrenier de le faire rentrer."

Florence pensait que Jean Delacroix n'était qu'un grossier personnage. Ses parents auraient été furieux, si elle s'était conduite de la sorte. Essayait-il de leur rappeler qu'ils n'étaient que des employés, et lui, le fils du propriétaire? Pourtant du coin de l'œil, elle avait vu Laura s'animer, faire bouffer ses cheveux et sourire bêtement. Florence lui aurait donné un coup de pied, à la voir ainsi jouer les gourdes.

Florence vit Jean s'éloigner, pendant que ses parents parlaient un moment avec l'entraîneur. A la façon dont il montait en selle, elle aurait juré qu'il savait exactement quel bon cavalier il faisait. Elle avait envie de crier: "Nous aussi on possédait un haras, bêcheur!"

Après avoir pris congé, sur le chemin de la maison, Florence prit la parole: "Je ne crois pas qu'il me plaira."

"Qui?", demanda sa mère, "M. Smets ou Jean? Tu ne dois pas tirer des conclusions trop hâtives sur les gens, de toute manière."

14

"Jean, et tu ne l'aimes pas non plus. J'en jurerais, à voir la tête que tu faisais."

Sa mère nuança son expression. "Eh bien, j'ai déjà rencontré des enfants plus polis dans ma vie, mais ce n'est pas pour autant qu'il faut en tirer des conclusions hâtives. Il était peut-être simplement préoccupé par sa course."

"Son poulain a de meilleures manières."

"Florence", l'avertit son père, "je crois que nous sommes tous éreintés et très nerveux. Votre mère et moi allons parler à Eric et voir les juments. Soit vous venez avec nous, soit vous remontez à la maison. J'ai remarqué un portique plutôt chouette derrière la maison, Thomas."

"Je veux jouer avec mes camions, mais je ne trouve pas le carton où ils se trouvent."

"Va voir dans le garage", lui dit M. Demoulin, "mais je ne veux pas que tu sortes de la cour."

"Je veux finir de déballer", dit Laura, "sans avoir à le surveiller!"

"Si Thomas n'obéit pas, envoie-le à l'écurie."

Laura ramena Thomas à la maison et Florence suivit ses parents dans le quartier des poulains. Les écuries lui rappelaient de tristes souvenirs, mais malgré tout, elle n'avait pas envie de rentrer à la maison. Cela lui était égal que ses vêtements ne soient pas déballés.

Tandis que ses parents parlaient à Eric Pauwels, elle errait alentour, avec indifférence. Un des palefreniers s'approcha pour dire bonjour. C'était une fille rousse et frisée, avec des taches de rousseur. Elle avait environ vingt ans, supposa Florence.

"Salut, je m'appelle Sophie", dit-elle.

"Moi, c'est Florence."

Sophie lui fit un sourire amical.

"C'est dur d'arriver dans un nouvel endroit, mais tu vas aimer ici."

"Je ne sais pas", soupira Florence, "nous avions notre propre haras. Nous avons dû le vendre il y a quelques semaines. J'ai du mal à m'y faire ici."

"Que s'est-il passé?", demanda Sophie.

Devant Sophie, si compatissante, Florence se prit à raconter toute l'histoire. Elle fut surprise de se sentir tellement soulagée, du simple fait d'avoir pu parler.

"C'est affreux!", cria Sophie, "Ça doit être terrible pour vous tous! Ce le serait pour moi, en tout cas."

"Ouais", approuva Florence, "et maintenant mes parents doivent travailler pour quelqu'un d'autre, et notre ferme nous manque à tous."

"Si ça peut te réconforter un peu", dit Sophie, "ici c'est un bon endroit pour travailler, de bonnes installations, des chevaux fantastiques. Viens, je vais te faire visiter."

Sophie la présenta à l'autre palefrenier, Marc. Il était blond et musclé, et il dit à Florence qu'un jour il dirigerait un élevage de chevaux. Puis Sophie montra à Florence l'agencement de la sellerie et lui demanda de la suivre, quand elle fit rentrer les juments et leurs poulains pour la nuit. Sophie lui donna le nom de chaque jument. Plusieurs d'entre elles portaient des surnoms, donnés par les employés, et c'étaient les noms que Florence préférait. Taquin, Tornade, Vagabond et Tap-tap, une poulinière qui avait été blessée lors d'un accident, des années auparavant, et qui avançait encore en boitant légèrement.

La dernière jument que Sophie lui montra était Beauty. "C'était un cheval de course en son temps", dit Sophie, "mais il y a longtemps de ça. Elle s'approche des vingt ans et commence à sentir le poids des ans. Mais c'est une bonne poulinière. Ses poulains sont presque toujours des chevaux de course brillants. Elle porte un des poulains de Tonnerre. Ce sera peut-être le dernier."

Beauty était un grand alezan et, soudain, Florence eut les larmes aux yeux. Beauty ressemblait à Stardust! Le dos de Beauty tanguait un peu, à cause de l'âge, remarqua Florence, et sa robe n'avait pas tout à fait le lustre lissé de celles d'autres juments. Mais Florence était attirée par elle comme par un aimant.

Dès que Florence s'approcha du box de Beauty, la jument passa la tête au-dessus de la porte, poussa gentiment l'épaule de Florence des lèvres, et lui souffla doucement sur la joue.

Florence avait juré qu'elle n'approcherait pas un autre cheval, elle ne voulait pas souffrir à nouveau, mais elle ne pouvait s'empêcher d'avancer et de caresser le doux museau de la jument. Elle gratta les oreilles de Beauty, puis lui tendit un morceau de carotte que Sophie lui avait donné.

"Tu veux faire amie-amie, ma fille?", demanda Florence. La jument salua de la tête, comme pour donner son approbation.

"Tu sais, j'avais un cheval comme toi."

Beauty hennit et lécha Florence, dans l'attente d'une

autre carotte. Florence fouilla dans sa poche et en trouva une à lui donner.

"Elle est gentille", dit Florence à Sophie.

"Ouais, c'est un amour. Elle et Tap-Tap, ce sont mes chouchous."

Finalement, elles quittèrent le box de Beauty et repartirent dans l'écurie. Florence, par-dessus son épaule, jeta un coup d'œil à la vieille jument, qui avait toujours la tête au-dessus de la porte et la regardait. Oui, elle ressemblait beaucoup à Stardust, pensa Florence, et elle était tout aussi gentille et amicale.

Quand Sophie et elle approchèrent du bureau de l'écurie, Florence vit un vieil homme qui parlait avec son père et Marc. Il portait des vêtements amples et un chapeau de feutre tout déchiré. Florence l'avait déjà vu aujourd'hui, près des écuries d'entraînement. C'était l'une des rares personnes qui n'avait pas souri à son père, quand il avait salué.

"Qui est-ce?", demanda-t-elle à Sophie.

"Oh, c'est Charles Bayer. C'est l'ancien entraîneur. M. Delacroix l'a mis à la retraite, quand il a engagé M. Smets. Il a laissé sa chambre à Charles, parce qu'il n'avait pas d'autre endroit où aller. Il est toujours en balade, pour vérifier ceci ou cela."

"Il n'a pas l'air très amical", dit Florence.

Sophie haussa les épaules. "C'est sa façon de faire. Cela ne lui plaît pas d'être à la retraite."

Comme Florence regardait, le vieil homme dit quelque chose à Marc, enfonça son chapeau défraîchi sur sa tête et quitta l'écurie.

Chapitre 2

"Tu n'es pas inquiète *DU TOUT*?", demanda Florence le lundi matin à sa sœur, alors qu'elles attendaient le bus de ramassage scolaire, au bout de l'allée. C'était la première fois qu'elles se rendaient à leur nouvelle école.

Laura tira sur le devant de son pull, au moins pour la dix-septième fois. "Bon, peut-être un peu, si cette école est tellement plus grande que la précédente."

C'était précisément ce qui effrayait Florence. Elle jouait avec son sac à dos, qu'elle faisait tourner autour d'elle en le tenant par les bretelles. Comme d'habitude, elle portait un jean et un T-shirt en coton, ses cheveux bruns retenus en une courte queue de cheval. "Je préférerais rester ici."

Laura lança à sa sœur un regard ébahi: "Pour nettoyer les boxes et tous ces trucs dégoûtants?"

"Ce n'est pas dégoûtant…" Florence ne put finir. Le bus venait de prendre le virage et s'arrêtait devant elles. Elle laissa Laura monter la première. Comme Florence grimpait les marches et regardait dans l'allée, elle vit un océan de visages étrangers. Le bus était presque plein, mais Laura trouva un siège libre dans le milieu et elle s'y glissa. Florence s'assit à côté d'elle. La fillette devant elle se retourna. Elle avait une masse de cheveux blonds et bouclés, qui tombaient jusqu'à ses épaules et semblait avoir à peu près l'âge de Florence. Elle leur sourit.

"Vous venez juste d'emménager à la Vallée, vous deux?"

Les deux filles firent oui de la tête, mais Laura fut la première à parler. "Nos parents dirigent l'élevage de chevaux. Je m'appelle Laura Demoulin, et voilà ma sœur, Florence."

"Salut. Je m'appelle Anne Mackiels. Nous habitons à environ un kilomètre en haut de la route. Vous aimez la Vallée?"

Laura haussa les épaules, mais Florence répondit: "C'est si grand. Je ne m'y suis pas encore habituée."

"Une fois, j'ai vu les écuries là-bas, elles sont fantastiques. Mon père est entraîneur, mais il s'occupe de chevaux qui ne lui appartiennent pas. Nous avons juste quelques chevaux de course à nous."

"Tu aimes les chevaux, alors?", demanda Florence.

"Je les adore!", s'exclama Anne. "Mon père m'apprend à les entraîner."

"Vraiment? Tu montes?"

"Bien sûr. Je monte tout le temps. Et toi?"

Florence fit oui d'un signe de tête. "Mes parents me cherchent un cheval au manège."

C'était mieux que ce que Florence avait espéré, se faire une nouvelle amie dans le bus, et qui adorait les chevaux, en plus! Elle jeta un coup d'œil à Laura pour voir ce qu'elle en pensait, mais sa sœur examinait les autres enfants du bus, avec une attention toute particulière.

Quand le bus les arrêta devant le groupe scolaire, Laura fit un vague signe de la main à Florence et se dirigea vers le bâtiment du lycée. "A ce soir", dit-elle. Anne entraîna rapidement Florence vers l'entrée du collège. "Cela va te plaire ici", dit-elle, "les profs ne sont pas trop mal et tu pourras faire la connaissance de quelques-unes de mes amies."

Elle conduisit Florence dans le hall et, ensuite, dans un bureau, où elle la présenta à la secrétaire du collège, Mme Cordier.

La secrétaire sourit à Florence. "Bienvenue au Collège Saint-Barthélémy, Florence. Nous t'attendions. J'ai ton emploi du temps." Elle le prit sur le bureau. "Voici le numéro de ton casier et quelques informations sur le collège. Je vois qu'Anne et toi, vous êtes déjà amies. Elle pourra peut-être t'aider à t'orienter dans le collège."

"Merci", répondit Florence. Les deux filles étudièrent l'emploi du temps de Florence. "Parfait!", dit Anne, "nous serons ensemble en anglais et en sciences. Viens, allons chercher ton casier."

A la fin de la journée, Florence avait décidé que Saint-Barthélémy n'était pas un si mauvais collège que ça. Ses professeurs semblaient assez sympathiques, et aucun d'eux, mis à part M. Delalieu, le prof de math, qui parlait trop vite et fronçait beaucoup les sourcils, n'attendait beaucoup d'elle, en ce premier jour de classe. Au déjeuner, elle rencontra deux des amies d'Anne, Marie et Catherine. Les filles se mirent à parler à toute vitesse, dès qu'elles furent assises. Florence ne connaissait ni les gens, ni les endroits dont elles parlaient, et elle n'aurait pas pu se mêler à la conversation, de toute façon. Elle mangea en silence et se sentit un peu étourdie, après leur départ.

Anne se retourna vers Florence et sourit. "Ouais, je sais, elles parlent beaucoup, mais elles sont gentilles et elles aiment les chevaux. Elles viennent à la maison et montent avec moi, parfois. En plus, Marie est la meilleure joueuse de tennis de sixième.

Anne faisait aussi partie de l'équipe de tennis et s'entraînait après les cours. Florence lui dit au revoir après leur dernier cours, puis se dirigea vers le bus. Elle garda un siège pour sa sœur, mais Laura mit si longtemps à arriver qu'elle faillit presque manquer le bus. "Pourquoi as-tu mis si longtemps?", demanda Florence à Laura, qui s'asseyait à côté d'elle.

Laura était hors d'haleine, mais rayonnante. "Je parlais avec quelques amies, dont j'ai fait la connaissance. Elles habitent juste à la sortie de Ferrière et m'ont demandé de venir faire du shopping avec elles, au centre commercial, demain. J'ai hâte d'y être!"

Florence ne détestait pas acheter de nouveaux vêtements, mais elle avait horreur de traîner dans les magasins et de faire des essayages. Elle ne comprenait pas que Laura puisse trouver cela amusant.

"J'ai encore un peu d'argent de mon anniversaire", dit Laura, tout excitée, "j'espère que maman sera d'accord. Pascale m'a dit que je pourrais dîner chez elle, sa mère me reconduira à la maison."

C'était bon de voir sourire Laura. Florence n'écouta que d'une oreille le bavardage de sa sœur sur ses cours et les enfants qu'elle avait rencontrés. Florence se concentrait plutôt sur le paysage, de l'autre côté de la vitre, les enclos verts, où les pur-sang couraient librement. Elle pensait à sa première journée au collège et à sa joie d'avoir rencontré Anne. Mais tout lui semblait encore nouveau et un peu effrayant. Elle ne fut ramenée à la réalité que par un coup de coude de sa sœur dans les côtes. "Florence! Nous sommes arrivées!"

Florence ramassa rapidement son sac à dos, maintenant plein de livres, et se précipita derrière sa sœur. En remontant l'allée, elles passèrent devant le chemin qui conduisait à l'immense maison de René Delacroix, tout en haut de la côte, puis elles prirent sur la gauche et se dirigèrent vers leur propre maison et le manège. Plusieurs chevaux qui paissaient levèrent la tête vers elles et les contemplèrent avec curiosité.

"Que vas-tu faire maintenant?", demanda Laura.

Florence haussa les épaules. "Je ne sais pas. Je crois que je vais aller aux écuries."

"Quand j'aurai demandé à maman la permission de sortir avec Pascale demain", dit Laura chaleureusement, "je finirai l'arrangement de mon coin de chambre. Pourquoi ne ranges-tu pas tes affaires? Tu n'as encore rien déballé jusqu'à présent." Florence jouait avec une mèche de cheveux qui s'était échappée de sa queue de cheval. "Je le ferai un de ces jours. Je n'ai pas envie cet après-midi. De toute façon, je ne me sens pas encore vraiment chez moi, ici."

Le coin des écuries était plus animé que dimanche. Plusieurs voitures et camionnettes étaient garées sur le parking, près des écuries. Laura se dirigea directement vers le bureau de leurs parents et Florence rentra à la maison et monta dans la chambre. Elle jeta son sac à dos sur son lit et se changea pour mettre son jean de tous les jours. Elle redescendait les escaliers, quand sa sœur entra en courant dans la maison, sourire aux lèvres: "Maman est d'accord! Il faut que j'appelle Pascale!" Laura se dirigea en coup de vent vers le téléphone.

Florence, médusée, fronça les sourcils. Comment Laura pouvait-elle s'adapter aussi vite à leur nouvelle maison, alors qu'elle avait semblé si malheureuse, la veille?

Marc et Sophie saluèrent Florence d'un geste de la main, quand celle-ci entra dans l'écurie. Eux aussi avaient des nouvelles pour elle: "Tap-tap a mis bas ce matin." Sophie appuya sa fourche contre le mur du box qu'elle était en train de nettoyer. "Un beau petit poulain. Tu veux le voir?"

Florence n'était pas sûre de le vouloir. La vue d'un poulain nouveau-né allait lui rappeler celui qui était mort aux Avelines. Pourtant, au fond d'elle-même, elle était curieuse et ne put résister. Elle suivit Sophie tout au bout de l'écurie. Ensemble, par-dessus la porte du box, elles regardèrent la jument qui fourrait fièrement sa tête contre son poulain cuivré. Pour un nouveau-né, le poulain semblait vigoureux et il était parfaitement fini.

"Le fils de Tonnerre?", demanda Florence, qui ap-

24

préciait la beauté du poulain.

"Il ressemble à son papa, non?", dit Sophie, "M. Delacroix sera content. Il l'attendait ce poulain."

Le père de Florence arriva de l'autre bout de l'écurie. "Hello!", appela-t-il, "Un joli poulain, n'est-ce pas? Alors, ce premier jour d'école, c'était comment?"

"Oh, bien", dit Florence.

"Bien, seulement?", dit-il compréhensif, "Le premier jour est toujours le plus dur. Cela va s'arranger. Eric doit aller à Ferrière. Ta mère est occupée au bureau et je dois aller voir ce que font les juments. Je sais que Marc et Sophie auront besoin d'aide pour les boxes, si ça te dit, tu peux les aider."

Florence pensa qu'il vaudrait mieux être occupée plutôt qu'errer sans but. Et elle aimait bien Sophie. "Bien sûr", dit-elle, "je crois que je peux."

Pendant l'heure qui suivit, Florence aida à ôter la litière sale avec la fourche, à la jeter sur une charrette qu'elle sortit de l'écurie. Puis elle aida à remplir des seaux d'eau et les boxes de foin. Ce travail lui était si familier! Elle prit le rythme et, pendant un moment, oublia qu'elle n'était pas aux Avelines mais bien à la Vallée.

Chacune des juments avait un régime alimentaire particulier. Sophie et Marc vérifiaient leurs fiches avant de doser les céréales et les suppléments en vitamines. Quand les trente boxes furent immaculés et que l'allée centrale de l'écurie eût été balayée et arrosée au jet, Sophie et Marc eurent quelques heures de liberté devant eux, avant l'heure de faire rentrer les juments et les poulains pour la nuit.

"Merci beaucoup pour ton aide", dit Sophie, alors qu'ils rangeaient tous les trois, fourches, charrettes et seaux dans la pièce réservée à cet effet.

"Ce n'est rien", répondit Florence en souriant, "j'ai nettoyé des tas de boxes avant ceux-ci."

"Beauty est toute seule dans le petit enclos", ajouta Sophie, "tu as peut-être envie d'aller lui dire bonjour?"

"Elle est seule?", demanda Florence, surprise. Les juments qui n'avaient pas mis bas étaient généralement parquées ensemble dans un immense enclos.

"Je crois que ton papa est inquiet à son sujet."

Florence fronça les sourcils. "Elle est malade?"

"Non. Seulement vieille. Il ne veut pas qu'une des jeunes juments vienne la bousculer."

"Elles ne sont pas capables de bousculer cette vieille dame", commenta Marc, "elle sait se débrouiller toute seule. Mais ton père a raison de la mettre à l'écart. Eric aussi se fait du souci pour elle. Oh, mais ça ira bien", ajouta-t-il très vite, en voyant l'expression effrayée de Florence, "nous lui donnerons un petit extra de vitamines, c'est tout."

"Tu es sûr?", demanda Florence inquiète. La simple mention d'un cheval malade lui rappelait les horribles souvenirs de ses derniers jours aux Avelines.

"Absolument", dirent Sophie et Marc d'un seul souffle.

Mais, alors qu'elle s'éloignait et se penchait sur la palissade de l'enclos, Florence n'était pas convaincue. Ce serait peut-être mieux, si elle ne s'approchait plus jamais d'aucun cheval.

Beauty leva la tête et dressa les oreilles, quand elle vit Florence, et elle trotta droit vers la palissade. Elle hennit joyeusement pour la fillette. Malgré elle, Florence se sentit fondre devant le chaleureux accueil de la jument.

"Salut, ma fille", dit-elle, en frottant le col de la jument avec sa main, tandis que cette dernière penchait la tête au-dessus de la barrière. "Alors, tu te souviens de moi, hein? Je parie que tu veux une carotte." Florence mit la main à sa poche. Par habitude, elle en avait pris quelques-unes dans les provisions de l'écurie. Beauty attrapa gentiment la carotte, puis frotta sa tête contre l'épaule de Florence, en guise de remerciement.

"Tu es bien solitaire, toute seule ici, hein?", la plaignit Florence. Beauty remua doucement la tête, puis la baissa et se mit à brouter l'herbe grasse, près de la palissade de l'enclos. Florence grimpa sur le rebord de la palissade et s'y assit. "Moi aussi, je me sens plutôt solitaire. Mon ancienne maison et mes amies me manquent..."

Perdue dans ses pensées, elle perdit toute notion de temps et fut surprise quand elle vit sa mère venir vers elle. "Ah, tu es là! C'est l'heure de faire rentrer les juments et je dois aller préparer le dîner. Tu dois bien avoir des devoirs à faire aussi?"

"Pas grand-chose."

Sa mère appuya ses bras sur la palissade et observa Beauty. "Je comprends pourquoi tu es là. Elle te rappelle ta vieille Stardust, n'est-ce pas?"

Florence approuva de la tête. "Oui, beaucoup."

"Nos chevaux nous manquent à tous. Cela ne va pas être facile."

Sa mère fit une pause, continuant à observer Beauty.

"J'ai une idée, Florence. Tu sais que Sophie et Marc sont tous les deux très occupés."

"Hummm. Ils étaient très contents que je les aide aujourd'hui."

"Que penserais-tu de devenir le palefrenier de Beauty?"

Florence, interdite, fixa sa mère. "Moi? Je... je ne sais pas..."

"Je pense que tu en es capable. Beauty est calme et gentille et ce serait bon pour toi d'être occupée. Tu as toujours adoré travailler à l'écurie avec les chevaux."

"Oui, mais...", Florence hésita et se mordit la lèvre.

"Tu crains de trop t'attacher à nouveau, n'est-ce pas?", dit sa mère.

"Oui", murmura Florence.

"Je sais ce que tu ressens, tu ne peux pas te refermer sur toi-même, juste parce que tu as peur de souffrir. Aucun de nous n'oubliera jamais, mais je pense que nous nous remettrons plus vite de la perte des Avelines, si nous nous impliquons dans ce que nous faisons ici. Qu'en penses-tu? Pourquoi ne pas essayer pendant quelques jours et voir comment ça va?"

Florence hésitait pourtant. Elle avait peur, c'était plus fort qu'elle. Pourtant, elle finit par dire: "OK. Je vais essayer."

Chapitre 3

Florence se réveilla à cinq heures du matin. Quand elle vit la pâle lueur de l'aube filtrer à travers la fenêtre, elle pensa un instant qu'elle était encore aux Avelines. Puis elle se souvint de l'endroit où elle était. Elle se souvint aussi que maintenant elle devait panser Beauty, et elle sortit du lit.

Elle s'habilla rapidement et tranquillement, prenant soin de ne pas réveiller sa sœur, puis dégringola les escaliers et sortit en direction de l'écurie.

Sophie et Marc levèrent la tête et firent des signes de la main, quand Florence passa devant eux en arrivant à l'écurie. Les parents de Florence étaient déjà au bureau; ils buvaient du café tout en regardant l'emploi du temps de la journée, qui serait chargé, Florence le savait. D'abord, ils devraient aller voir toutes les juments et tous les poulains, avant que les bêtes ne soient conduites à l'extérieur, ensuite, ils devraient vérifier les fiches alimentaires et les carnets de vaccination de chaque animal, et bien sûr, la naissance d'un poulain était possible à tout moment. Les juments qui avaient déjà mis bas étaient élevées à part, et les parents de Florence veilleraient à ce que ces juments-là soient conduites aux écuries d'élevage. Au printemps, il n'y avait pas beaucoup de temps mort dans un haras. Florence alla droit au box de Beauty.

De toute évidence, la jument était contente de la voir. Elle tapa brusquement de la tête sur la porte de la stalle et salua d'un hennissement.

"On a faim, hein?", elle sourit et frotta les oreilles de Beauty. "Je vais chercher ton petit déjeuner."

Dans la pièce aux provisions, Florence suivit les indications du tableau sur le mur et dosa avec soin le repas de céréales du matin pour Beauty. Elle lui apporta dans le box et, tandis que la jument attaquait son repas, Florence rassembla les brosses et se mit à panser Beauty.

Quand Florence eut terminé, la robe de Beauty brillait comme de la soie. La jument semblait heureuse du résultat et hennit son approbation. Florence sourit. "Alors, tu aimes ma façon de te panser?"

Sophie et Marc commençaient à emmener juments et poulains vers les enclos. Après leur nuit dans l'écurie, les chevaux étaient pleins d'énergie. Les sabots des juments cliquetaient sur le sol de béton, pendant qu'elles caracolaient et tiraient sur leurs brides, pressées qu'elles étaient de sortir. Leurs poulains batifolaient à côté d'elles.

Florence attacha la longe au collier de Beauty, ouvrit la porte du box, conduisit la jument le long de l'écurie et la sortit. Beauty secoua la tête et hennit d'excitation. Une fois dans l'enclos, la jument fit à Florence un hennissement d'adieu, puis partit lourdement au trot dans l'herbe printanière. Florence rentra à l'écurie pour nettoyer le box.

Florence déposa, à la fourche, la litière sale dans une charrette qu'elle devait emmener dehors ensuite. Elle respirait les odeurs de foin, de cheval et de cuir et réalisa combien elle aimait l'effort physique et l'atmosphère des écuries. Elle finissait juste de mettre une litière fraîche dans le box de Beauty, quand Sophie arriva sans se presser.

"Nous sommes joliment en avance ce matin", dit-elle à Florence, "pourquoi n'irais-tu pas voir l'entraînement un moment?"

"Je n'y ai pas pensé", dit Florence, vérifiant l'heure à sa montre. Elle avait bien aimé regarder les chevaux s'entraîner, le premier jour, à la Vallée. Et, au moins, l'entraînement ne lui rappelait aucun souvenir des Avelines. "Je crois que j'ai encore le temps avant l'école", ajouta-t-elle, "je vais peut-être y aller. Merci Sophie."

L'aire d'entraînement était animée. Des lads faisaient marcher les chevaux et bouchonnaient ceux qui avaient déjà subi l'entraînement. Des palefreniers conduisaient hors des écuries d'autres chevaux déjà sellés.

Florence trouva une place sous les arbres, avec une bonne vue sur la piste, et s'apprêta à regarder.

Il y avait trois chevaux sur la piste ovale. Xavier Smets se tenait près du rail, chronomètre en main. L'air concentré, il y jetait un coup d'œil, quand les chevaux passaient en coup de vent. Florence était en admiration devant les pur-sang au galop. Les sabots des chevaux semblaient à peine toucher le sol, quand ceux-ci tournaient sur la piste à toute allure. Certains jockeys qui avaient fini leur galop, marchaient pour sortir de la piste et s'arrêtaient pour parler à M. Smets. D'autres cavaliers restaient à cheval sur la piste.

L'un d'eux était une fille. Florence le savait à cause de sa longue tresse blonde qui dépassait de sa bombe. Elle montait un grand cheval bai capricieux, qui lançait des ruades et caracolait, mais la jeune fille restait tranquillement en selle. A la façon dont le cheval dressait les oreilles en arrière, Florence devina qu'elle parlait à sa monture. *Elle fait ce que je ferais*, pensa Florence. Peu à peu, le grand cheval se calma et, en un instant, cheval et jockey partirent, sans secousses, pour un tour d'échauffement sur la piste.

Un petit peu plus tard, Florence repéra Jean Delacroix sur son poulain. Il s'approchait de la piste. Le poulain était aussi en grande forme et, apparemment, Jean avait du mal à le calmer et à le faire se concentrer. Soudain, Florence entendit une voix qui rouspétait à côté d'elle. ''Ce n'est pas comme cela qu'il faut s'y prendre avec lui! Tu vas l'abîmer!''

Elle regarda à sa droite et vit Charles Bayer à quelques mètres de là. Il lançait un regard furieux au garçon et au poulain. Elle jeta un coup d'œil sur la piste à nouveau. M. Smets criait quelque chose à Jean et finalement celui-ci reprit le contrôle de son poulain. Le poulain était beau et c'est à la vitesse du vent qu'il passa du trot au galop, quand Jean le lui ordonna. Florence n'arrivait pas à détacher son regard d'eux, tout en pensant à ce que le vieil entraîneur avait dit.

Elle était si absorbée qu'elle sursauta, quand Charles Bayer, la mine renfrognée, la frôla par derrière.

Jean avait terminé son galop et parlait à M. Smets. Le corps du poulain, échauffé par l'exercice, fumait dans l'air vif du matin.

Florence jeta un coup d'œil à sa montre et émit un petit cri de surprise. Si elle ne partait pas immédiatement, elle n'aurait pas le temps d'arriver assez tôt chez elle pour se changer et attraper le bus pour l'école. Elle s'éloigna de la piste en courant et arriva à la maison juste à temps pour se changer et avaler un bol de céréales, avant de courir jusqu'au bus avec Laura.

Le vendredi, Florence griffonnait dans son agenda pendant le cours d'histoire et songeait à sa première semaine au collège. Elle avait fait la connaissance de quelques enfants et s'était inscrite à la chorale, car elle aimait chanter et les cours de chant avaient lieu dans la journée et pas après les cours. Anne et elle étaient devenues des amies proches. Elle avait l'impression qu'elles se connaissaient depuis toujours et non pas depuis quelques jours seulement. Et puis il y avait Beauty. Bien qu'au départ Florence ait été réticente, elle se sentait de plus en plus proche de la jument. C'était presque comme si Stardust était là, à nouveau. Chaque jour qui passait donnait à Florence l'impression d'être de plus en plus concernée par sa vie à la Vallée. Elle aimait un tout petit peu plus cet endroit et avait le cœur moins serré quand elle pensait aux Avelines.

La fenêtre de la classe était ouverte, laissant pénétrer une brise chaude. Florence aurait préféré être dehors plutôt qu'enfermée à l'intérieur. Son père avait dit que Beauty donnerait naissance à son poulain dans les prochains jours. La jument était grande et lourde et, ces jours derniers, elle semblait fatiguée. Florence en était préoccupée.

"Florence, tu peux répondre à cette question pour nous, peut-être?"

Florence tressaillit et, l'air coupable, leva les yeux vers son professeur. "Je suis désolée, Mademoiselle, pouvez-vous répéter votre question?"

Mlle Noé réprima un sourire. "Je sais, vous préféreriez être dehors, mais rappelez-vous que vous aurez un contrôle la semaine prochaine. Nous parlions de la bataille d'Austerlitz et je demandais à quelle date Napoléon l'avait gagnée."

Florence n'en avait pas la moindre idée. Elle réfléchit à toute allure. *Austerlitz... c'était bien juste après la défaite de Trafalgar?* Elle tenta sa chance. "Décembre 1805?"

"Exact."

Florence était sidérée et Mlle Noé semblait avoir compris que la bonne réponse n'était due qu'à un heureux hasard. Mais elle posa la question suivante à Luc Marichal, qui était en train de s'affaler sur sa chaise, les yeux mi-clos.

Enfin la cloche sonna. Florence rassembla ses livres et se précipita hors de la classe en direction de son casier. Elle choisit tranquillement quelques livres, dit au revoir à quelques enfants de sa connaissance et courut vers son bus.

Anna l'attendait et lui avait gardé une place. Laura

était assise au fond du bus en compagnie de nouvelles amies.

"Je suis si contente", cria Anne à Florence qui s'asseyait, "papa m'emmène au champ de courses de Beaulieu, ce week-end. Il y va avec trois des chevaux qu'il a entraînés. Il m'a dit que je pourrais aider à panser les chevaux."

"Il doit se passer tant de choses au champ de courses!", soupira Florence qui enviait Anne, "tous ces splendides chevaux. Je ne suis jamais allée à Beaulieu. Il faudra que tu me racontes tout quand tu reviendras."

"Cela va être vraiment super: ce week-end c'est le Derby de Beaulieu."

"Et avoir son propre cheval qui court!", s'exclama Florence.

"En fait, nous n'avons aucun cheval qui court le Derby. Et les chevaux ne sont pas vraiment à nous, papa les a juste entraînés", dit Anne.

"Je sais, mais c'est presque pareil. M. Delacroix y sera avec Ouragan. Tout le monde pense qu'il va gagner."

Le bus stoppa à la Vallée et Florence sauta de son siège.

"Tu me raconteras tout à ton retour!"

"Promis! Je prendrai même des notes! A lundi."

Florence remonta le chemin en courant, projetant d'aller voir comment se portait Beauty. Mais quand elle regarda l'enclos de la jument, elle vit qu'il était vide. Cela ne pouvait vouloir dire qu'une chose: Beauty était en train de mettre bas.

Chapitre 4

Florence mit un moment à accommoder sa vue à
l'intérieur sombre de l'écurie. Quand elle y fut parve-
nue, elle vit ses parents, Eric Pauwels et le vétérinaire,
le Dr Duhamel, rassemblés devant et dans le box de
Beauty. Sophie et Marc avaient aussi interrompu leur
travail et regardaient, inquiets.

Florence entendit le vétérinaire marmonner à son père: ''Quel dommage... un des poulains de Tonnerre...
et pour cette jument, c'est le dernier. Delacroix va être
déçu. Mais vous avez eu cet autre poulain. Il n'est pas
mal.''

Florence se sentit nouée. ''Qu'est-ce qui ne va pas?''
demanda-t-elle doucement en atteignant le box.

''Beauty vient juste d'avoir son petit'', lui dit sa mère
tranquillement, ''c'est une pouliche.''

Mais son ton effraya Florence. Elle pénétra dans le
box. Beauty était debout dans le fond. Devant elle, sur
l'épaisse litière était allongée une pouliche aux longues
jambes — une toute petite pouliche. Sa robe encore
humide était couleur cuivre, mais elle avait quatre
balzanes sur les jambes et une pointe de blanc au bout

du museau. Elle regardait Florence avec d'immenses yeux noirs, trop grands pour sa tête magnifiquement fuselée. Ce regard émouvant alla droit au cœur de Florence. "Comme elle est belle", murmura-t-elle.

"Chérie", lui dit gentiment son père, "je ne crois pas que cette petite pouliche s'en sorte."

"Que veux-tu dire? Elle semble terriblement petite, mais..."

"La délivrance a été difficile. A cause de l'âge de Beauty, cela a été un moment très dur. La pouliche est très faible. Au premier abord, elle ne respirait pas. Le Dr Duhamel a dû la réanimer. Elle n'a encore fait aucun effort pour se lever. Ce n'est pas bon signe."

"Tu ne peux pas l'aider?", dit Florence d'une petite voix.

Sa mère lui posa une main sur l'épaule. "Tiens bon, Florence."

"Il est préférable de les laisser seules un moment", dit le vétérinaire, "à ce stade, trop de contact humain n'est pas bon. La jument et la pouliche doivent créer des liens entre elles. Si la pouliche survit, ce lien est essentiel." Pendant qu'il parlait, Beauty pencha la tête et lécha gentiment son petit. Elle hennit doucement et donna de petits coups de museau au corps minuscule. La pouliche resta pelotonnée sur la litière et ne fit aucun effort pour bouger. Beauty recommença, sans plus de succès.

Le regard de Florence allait de son père au vétérinaire puis à Eric Pauwels. Leurs visages reflétaient la même résignation triste. Florence ne pouvait penser à rien d'autre qu'aux chevaux perdus des Avelines. Elle en aurait pleuré. Elle ne pouvait supporter de voir mourir un autre cheval, surtout celui-là: le poulain de Beauty, celui qu'elle avait espéré.

"Nous devons faire quelque chose", finit par crier Florence et sans qu'aucun adulte ne puisse l'arrêter, elle avança vers la pouliche et s'agenouilla à côté d'elle. Beauty hennit, montrant ainsi sa confiance en son amie. Florence frotta la robe humide de la pouliche avec sa main. Celle-ci la regardait avec ses grands yeux sombres. "Cela va aller", dit Florence gentiment, "je vais t'aider à te lever. Tu dois te lever et téter, sinon tu ne seras jamais forte."

Florence saisit alors l'animal et la pouliche détendit faiblement ses jambes. Florence la souleva plus haut jusqu'à ce que les longues jambes soient complètement tendues. Elle posa gentiment la pouliche sur le sol, mais le minuscule cheval n'avait pas la force nécessaire. Les jambes se mirent immédiatement à trembler et à fléchir. Florence retint le cheval et l'empêcha de tomber, puis le porta aux côtés de Beauty. "Il va falloir manger", dit-elle.

Beauty fit pivoter sa tête autour de son petit et hennit pour l'encourager. Aussi frêle soit-elle, la petite pouliche savait d'instinct ce qu'elle aurait dû faire. Florence dirigea gentiment la petite tête vers la mamelle de Beauty. D'abord la pouliche ne fit rien. Florence la câlina pour l'encourager: "Je t'en prie, essaie. Sinon tu mourras. Je ne peux pas t'abandonner." Finalement, après avoir goûté quelques gouttes de lait, la pouliche se mit à téter.

Florence posa gentiment sa joue contre le petit dos de

la pouliche. "Je savais que tu y arriverais", elle soupira, "je le savais bien."

Le Dr Duhamel parla derrière elle.

"Je ne veux pas te décourager, mais obtenir qu'elle tète n'est pas l'unique solution. La naissance difficile a pu causer d'autres problèmes. Je ne le saurai avec certitude qu'après avoir eu les résultats des analyses de sang. Elle est si faible qu'elle sera beaucoup plus sensible aux maladies. Je ne lui donnerais que 50 % de chances de survie."

"Tant pis", dit Florence, "je ferai quand même mon possible."

Le vétérinaire soupira. "Tu es une lutteuse, toi. Il faut bien te reconnaître ça. Bien sûr, la décision ne dépend pas de moi, mais de tes parents et de M. Delacroix."

Florence se retourna avec anxiété vers son père et sa mère. Tous les deux avaient l'air mal à l'aise et soucieux.

"Florence, nous aussi nous désirons la sauver", dit sa mère, "mais je ne veux pas te voir souffrir à nouveau. Peu importe ce que tu vas faire, il se peut simplement qu'elle ne tienne pas le coup. Ne serait-ce pas mieux de prendre tes distances... laisse Eric ou ton père..."

"Non", dit Florence. Elle savait ce que sa mère voulait suggérer. "Je t'en prie! J'irai encore plus mal, si je ne... même si elle ne..." Florence ne put finir. Elle se mordit la lèvre pour ne pas pleurer. Elle serra plus étroitement la petite pouliche dans ses bras.

"Qu'en penses-tu?", dit Mme Demoulin à son mari. Il se passa une main sur le visage. "De toute évidence, abandonner sans lutter va contre tout ce en quoi je

crois. Delacroix pense peut-être autrement, mais comme il est absent pour quelques jours, je ne dois agir que selon mes propres convictions. Je veux essayer de sauver ce poulain, mais le personnel est pleinement occupé à ce moment de l'année'', il regarda Florence, puis hocha la tête, ''elle peut tenter le coup.''
Florence poussa un soupir de soulagement.
Puis le vétérinaire partit. Quand, à leur tour, Eric et les palefreniers furent sortis, la mère de Florence s'agenouilla à côté d'elle. ''Tu es sûre de ce que tu fais? Le vétérinaire a raison. Ses chances ne sont pas grandes. Depuis ton expérience des Avelines, tu sais que, parfois, les animaux meurent, quoi qu'on essaie de faire pour les sauver. Si tu t'attaches trop à cette pouliche, tu souffriras énormément, si le pire survenait.''
''Je m'en fiche, maman. Je *dois* essayer de la sauver.''
Sa mère se pencha et posa un baiser sur la joue de Florence. ''OK. A toi de jouer, alors.''
''On te donnera une aide, dès que possible'', ajouta son père, ''mais tu sais, jusqu'à la naissance du dernier poulain attendu, nous allons tous être très occupés.''
''Je sais. Mais ça ira très bien'', dit Florence, ''j'y arriverai.'' La pouliche avait fini de téter et Florence l'emporta, avec précaution, quelques mètres plus loin et la blottit à nouveau sur la litière. L'animal enroula ses jambes sous lui et posa sa tête contre les genoux de Florence. L'effort qu'il avait fait pour téter l'avait épuisé. Florence en fut déprimée mais n'en laissa rien voir à ses parents.

Chapitre 5

Florence ne quitta pas la pouliche un instant de toute la nuit. Comme elle n'allait pas en classe le lendemain, ses parents n'y virent pas d'inconvénient. Dans la soirée, ils étaient passés toutes les heures pour voir comment elle se débrouillait. Sa mère lui avait apporté un sandwich pour dîner et une couverture chaude. La pouliche semblait un peu plus vaillante. Elle levait la tête et regardait autour d'elle, mais n'essayait toujours pas de se lever toute seule.

Avant d'aller se coucher, M. et Mme Demoulin passèrent une dernière fois dans le box. M. Demoulin examina soigneusement la pouliche.

"Il ne reste plus qu'à attendre", dit-il, "je viendrai ici demain matin à la première heure. Essaie de te reposer un peu, chérie. Si tu as besoin de nous de toute urgence, téléphone-nous du bureau."

Mais Florence ne put se reposer. Si elle s'endormait, il pourrait arriver quelque chose à la pouliche de Beauty. Florence la berça et lui parla. Inlassablement, elle la porta auprès de Beauty pour qu'elle tète, puis la tint serrée contre elle, sur la litière, pendant qu'elle se reposait. Le petit animal ne se dérobait jamais. Il fixait Florence de ses grands yeux confiants et se lovait plus près de son amie humaine. Chaque heure qui passait rendait plus profond le sentiment de Florence pour la pouliche, et elle savait exactement quel choc ce serait pour elle, si le cheval ne survivait pas.

Florence était proche de l'épuisement, quand son père arriva au petit matin. Et elle dut rapporter que la pouliche n'avait encore fait aucun effort pour se lever.

"Tu as besoin de dormir", lui dit son père, "je peux rester avec elle quelques heures et Eric viendra l'examiner."

"Je ne peux pas la quitter, papa. Elle va croire que je l'abandonne."

"Bien sûr que non. Je vais rester là, moi. Lève-toi au moins et va prendre le petit déjeuner."

"Je n'ai pas faim."

"C'est un ordre. Tu ne peux pas continuer sans manger."

A contrecœur, Florence se leva. Son père prit rapidement sa place, mais alors qu'elle s'apprêtait à quitter le box, la pouliche leva la tête et la suivit du regard. Florence s'arrêta net. Son père la fit partir. "Je reste là jusqu'à ce que tu reviennes."

Florence courut jusqu'à la maison. Sa mère, qui quittait juste la cuisine pour l'écurie, tressaillit et lui jeta un regard inquiet. "Elle va bien?"

Florence resta silencieuse.

Sa mère rentra à nouveau dans la cuisine pour lui préparer le petit déjeuner. A ce moment-là, Thomas et Laura, encore à demi endormis, entrèrent en trébuchant dans la cuisine. Thomas se laissa tomber sur une chaise et se mit à verser du lait dans le bol de céréales que sa mère avait déjà préparé. Il n'était jamais tout à fait éveillé avant d'avoir mangé. Les yeux vagues, Laura questionna sa sœur: "Comment va le poulain?"

"Très bien... euh, son état est stationnaire."

"Tu as de la paille dans les cheveux." Laura tendit la main et ôta les brindilles de la queue de cheval emmêlée de Florence. "Tu as passé toute la nuit à l'écurie?" Florence fit oui de la tête et racla son assiette.

La nourriture et la pause avaient donné à Florence un second souffle. Mais la journée fut longue et décourageante à l'écurie. Laura et Thomas vinrent voir le poulain. Eric, Marc et Sophie, passèrent tous pour voir comment les choses allaient et Sophie emmena Beauty faire un tour dans la cour. Mais dans la soirée, après le retour des autres chevaux dans l'écurie, la pouliche n'avait pas encore essayé de se lever. Florence se sentait si fatiguée qu'elle avait peine à garder les yeux ouverts.

Sa mère vint, jeta un regard au visage défait de Florence et secoua la tête. "Tu dois te reposer, c'est sans appel. Il y a un lit de camp dont se sert Eric dans la sellerie. Va t'y allonger. Je resterai ici et je viendrai te réveiller, s'il y a un quelconque changement."

Florence sortit en titubant. *Au moins, je serai tout près de l'écurie*, pensa-t-elle, en se glissant dans le lit. Elle tira une couverture sur elle. La lumière du matin illuminait la sellerie, quand elle se réveilla le lendemain. Mais elle eut instantanément les idées claires.

Elle sauta du lit de camp et se précipita vers le box. Son père s'y trouvait, accroupi dans la paille. "Je viens juste de remplacer ta mère."

Inquiète, Florence regarda le petit cheval. Son père secoua la tête. "Aucun changement. Monte à la maison et mange. Je resterai avec elle jusqu'à ton retour."

Florence engloutit un peu de céréales, puis courut relayer son père, pour qu'il puisse partir et vaquer à ses occupations matinales.

Après le départ de son père, Florence se pencha sur le poulain et embrassa la petite tête poilue. "Je sais que tu vas devenir plus forte. Je sais que tu pourrais te lever, si seulement tu avais confiance en toi."

C'est alors que Florence entendit une voix étrangère, dans l'écurie, une voix grave et autoritaire. Florence fronça les sourcils, l'oreille tendue. Son père répondait d'une voix plus haut perchée. Elle se leva et épia par-dessus la porte du box dans la direction du bureau de ses parents. Elle vit son père qui parlait à un homme grand, en veston et cravate. Ils étaient devant le box de Tap-Tap, en train de regarder la jument et son poulain.

"Joli poulain", dit l'homme à la haute taille, "je pense que nous pouvons faire des projets pour lui."

"Nous avons eu quelques beaux poulains jusqu'à présent, M. Delacroix", répondit le père de Florence, "le poulain de Flash a l'air bien aussi."

Florence frissonna. L'homme auquel parlait son père était René Delacroix!

"Alors Beauty a mis au monde un poulain chétif", dit Delacroix, "j'avais fondé de grands espoirs sur ce croisement. C'est dommage. Si elle va si mal que ça, nous devons l'abattre. Allons y jeter un coup d'œil.''

Florence pivota. Ils venaient vers le box. Elle n'avait en tête que ce qu'avait dit le vétérinaire au sujet de Delacroix: c'était un homme d'affaires, qui n'avait pas l'intention de dépenser une fortune pour entretenir un cas désespéré.

Elle se mit à quatre pattes et chuchota avec détresse: ''M. Delacroix vient te voir. Tu dois essayer de te lever!''

La petite pouliche tourna la tête vers Beauty, puis vers Florence. Elle semblait effrayée et luttait pour se hisser sur ses jambes frêles. L'effort faisait trembler tout son corps. ''Vas-y'', la pressait Florence, ''redresse-toi, essaie!''

Florence se glissa plus près. ''Je vais t'aider, juste un peu, et puis tu tiendras debout toute seule. Allez. Essaie à nouveau.''

Cette fois, quand le cheval essaya de se lever, Florence glissa ses mains sous son ventre et lui apporta un soupçon d'aide. Dans un effort gigantesque, la pouliche se dressa sur ses pattes de derrière. Puis lentement, en tremblant encore, elle tendit une patte de devant, puis l'autre et se redressa tout à fait. Elle était debout, sur ses quatre pattes, chancelante, mais debout.

A cet instant, M. Delacroix et le père de Florence s'arrêtèrent à la porte du box.

''On dirait qu'elle a fait des progrès'', dit-il à M. Delacroix, ''elle est debout. Voici ma fille, Florence. Elle surveille la pouliche.''

''Bonjour, Monsieur'', dit Florence. M. Delacroix lui

fit un signe de tête, puis regarda la pouliche.

"Je ne donnerais pas cher d'elle", dit-il.

"Elle a fait un progrès remarquable", répondit M. Demoulin, "nous n'avions vraiment pas beaucoup d'espoir à son sujet, mais apparemment elle y a mis du sien."

"J'ai déjà vu des tas de poulains chétifs comme celui-là", dit M. Delacroix, "ils s'en sortent, mais en général ils ne donnent pas grand-chose."

"Elle porte le label de Tonnerre", dit M. Demoulin, "et, jadis, Beauty a sûrement mis au monde quelques beaux poulains."

"C'est vrai", approuva M. Delacroix, "pas d'autres problèmes physiques?"

"D'après le vétérinaire, pas pour l'instant. Les analyses de sang sont bonnes. Ses poumons sont clairs, le cœur marche bien. Ce n'était pas une naissance prématurée."

Delacroix se tut et fronça les sourcils en observant la pouliche. Finalement il haussa les épaules. "Bon, puisqu'elle a résisté jusqu'à présent, nous pourrions aussi bien la garder. Avec le père et la mère qu'elle a, ça me ferait mal au cœur de l'abattre, mais, je ne veux pas perdre mon temps et mon argent à la sauver. Allons voir les autres poulains."

Les parents de Florence passèrent plus tard dans la matinée, quand René Delacroix eut quitté les écuries d'élevage. "J'étais si content que tu aies réussi à la faire lever", dit son père, "ne fais pas trop de cas de ce qu'a dit M. Delacroix. Il est obligé d'avoir une vue globale des choses et ne peut pas se permettre de faire du sentiment avec un poulain."

"Mais il a parlé de l'abattre", dit Florence en colère.

"Seulement au cas où elle ne ferait pas de progrès. Mais elle s'améliore, n'est-ce pas?"

"Tu n'es pas la seule à avoir un intérêt particulier pour cette pouliche", l'assura sa mère, "tous les lads croisent les doigts pour elle."

Le dimanche après-midi, la petite pouliche pouvait faire quelques pas en vacillant, mais aux yeux de Florence, ces pas étaient miraculeux. Tous les poulains en bonne santé savaient se tenir debout, quelques heures après leur naissance. Ses parents, Laura et Thomas, vinrent admirer la pouliche. Il y eut aussi d'autres visiteurs. Pendant leur pause de l'après-midi, Eric Pauwels, Sophie, Marc et Didier Romain regardèrent la pouliche leur montrer ses progrès: elle se levait en poussant un hennissement aigu.

"Tu sais", dit Eric, "je n'aurais vraiment pas cru voir ce jour arriver. Je n'ai rien voulu dire tout de suite, Florence, mais j'ai bien cru qu'elle était fichue. Tu as fait des prodiges. Nous devrions peut-être l'appeler le prodige de Florence."

"Je dirais la même chose", conclut Didier. Même Marc fut d'accord avec la proposition d'Eric.

Florence regarda la pouliche. "Qu'en penses-tu, toi? Tu es un prodige, hein?"

La pouliche secoua si brusquement la tête qu'elle en perdit presque l'équilibre. Florence dut la retenir.

"C'est d'accord, alors", rit Florence, "dorénavant, tu seras Prodige!" Elle se baissa et posa sa joue contre la tête de la pouliche.

Chapitre 6

Le lendemain matin, Florence eut le plus grand mal à quitter la pouliche pour aller en classe. Et elle n'eut même pas l'occasion de parler à Anne avant le déjeuner, car celle-ci avait manqué son bus, le matin.

Les fillettes s'assirent à table en compagnie de Catherine, Marie et d'une autre fille, Isabelle, que Florence ne connaissait pas très bien.

"C'est la plus splendide des pouliches, un alezan", dit Florence à Anne, tout en défaisant son sandwich, "mais elle en a eu du mal."

"Mais elle va mieux maintenant?", demanda Anne, soucieuse.

"Elle est plus forte et elle mange. Mes parents pensent qu'elle est sauvée. Seulement elle sera beaucoup plus lente à se développer que les autres poulains. Je l'aime, tu sais Anne. Je me fiche de ce que pense M. Delacroix. Il faut que tu viennes la voir, peut-être samedi prochain. Tu pourrais rester toute la journée. Prodige devra se tenir bien tranquille jusque-là, de toute façon. Mais parle-moi du Derby de Beaulieu."

"C'était super", dit Anne, "j'ai passé un moment

fantastique. Un de nos chevaux a gagné sa course, un autre est arrivé second, et j'ai regardé le Derby, bien sûr. C'est dommage qu'Ouragan ne soit arrivé que second'', ajouta-t-elle à Florence, ''mais c'était une belle course.''

''J'ai entendu Eric en parler'', approuva Florence, ''mais j'ai été tellement prise par Prodige que je n'ai pas eu l'occasion d'aller voir la course.''

De toute la semaine, Florence ne pensa qu'à Prodige. Chaque jour, la pouliche semblait faire de petits progrès, mais Florence pensait que c'était peut-être le fruit de son imagination. Elle avait eu beaucoup de mal à se concentrer en classe et craignait d'avoir raté l'interrogation de math, ce vendredi. Mais lorsqu'elle descendit du bus, le vendredi après-midi, et dit au revoir à Anne d'un signe de la main, elle décida qu'elle se soucierait de sa note de math le lundi.

Elle courut au box de Beauty et de Prodige, tout de suite après s'être changée. ''Heureux anniversaire, Prodige! Tu as une semaine aujourd'hui.''

En entendant la voix de Florence, Prodige trottina dans le box et vint frotter sa tête contre la joue de Florence. Florence se pencha et serra affectueusement la pouliche dans ses bras. ''Moi aussi je suis contente de te voir. Et tu sais quoi? Papa a dit que tu avais la permission de sortir!''

Le père de Florence l'avait suivie dans le box. Il se pencha au-dessus de la porte et sourit. ''A propos, Florence, j'ai acheté quelque chose pour elle.'' Il sortit une main de derrière son dos et remit à Florence un minuscule collier.

"Nous n'en avions pas d'assez petit à la sellerie. Mets-le-lui."

La pouliche dressa les oreilles et joua à donner de petits coups de tête à Florence, quand cette dernière glissa, avec précaution, le collier de cuir autour de sa petite tête et attacha les courroies.

L'enclos se trouvait, par chance, près de l'écurie. Aussi Florence et son père eurent tôt fait d'y emmener Beauty et Prodige. Quand ils eurent détaché les longes et libéré les chevaux, Beauty se pencha sur Prodige, puis partit au trot à travers l'enclos, secouant la tête pour dire sa joie d'être dehors. Prodige essaya de suivre, mais il lui était impossible de rivaliser avec la longue foulée de Beauty. Elle vacilla et tomba tête la première, les pattes partant dans toutes les directions. Florence voulut lui courir après, mais M. Demoulin lui mit une main sur l'épaule.

Prodige s'était déjà relevée, mais comme Beauty décrivait de larges cercles, en faisant claquer ses sabots, elle restait là, abandonnée, au beau milieu de l'enclos. Elle regarda d'abord Beauty, puis Florence, ne sachant que faire.

"Elle a peur, je ne peux pas la laisser comme ça."

"Attends", il montra quelque chose et Florence vit que Beauty avait épuisé son énergie. Elle revenait vers Prodige et les deux chevaux se firent fête.

"Reste là et surveille-les un moment", dit le père de Florence, "mais je suis sûr que tout ira bien maintenant."

Florence n'avait pas l'intention d'aller ailleurs, tant qu'elle ne serait pas certaine que Prodige allait bien.

Elle escalada la palissade de l'enclos, quand Beauty se mit à brouter. Prodige, à l'abri près de sa mère, avait l'air moins effrayé. Elle regardait autour d'elle avec curiosité, mais elle n'était pas encore assez sûre d'elle, dans cet environnement nouveau, pour quitter Beauty, ne serait-ce qu'une seconde.

De là où elle était assise, Florence apercevait les autres juments et leurs poulains, dans un enclos voisin. Les poulains couraient en cercle autour de leur mère. Ils étaient en pleine santé et emplis d'énergie. En comparaison, la pauvre Prodige avait tout d'une orpheline abandonnée.

Le lendemain matin, Florence, très fière, montra la pouliche à Anne et lui fit faire le tour du propriétaire. Plus tard, quand les deux filles revinrent à l'enclos de Beauty et de Prodige, elles virent, sur la palissade, un grand garçon aux cheveux bruns, vêtu de jeans, en train de regarder la jument et sa pouliche.

"Qui est-ce?", demanda Anne, curieuse, "l'un des palefreniers?"

"Non", dit Florence, "c'est Jean Delacroix, le fils du propriétaire. Je me demande ce qu'il fait ici."

Florence se sentit mal à l'aise, mais, si Jean prenait le temps de venir voir Beauty et Prodige, il n'était peut-être pas aussi odieux qu'elle le pensait.

"Salut", dit-elle.

"Salut", répondit Jean, "je faisais un tour par là pour examiner tous les poulains. C'est toi qui as pris soin de cette pouliche, n'est-ce pas? J'ai oublié ton nom."

"Florence Demoulin. Et voici mon amie, Anne Mackiels. Anne, voici Jean Delacroix. Prodige pousse vraiment bien, non?'', Florence regarda tendrement Prodige, qui trottinait auprès de Beauty vers l'entrée de l'enclos.

Jean haussa les épaules. "Cela se peut, mais je doute qu'elle arrive jamais au champ de courses.''

Florence se hérissa. "Elle comblera son handicap.''

Jean brossa nonchalamment ses cheveux de ses doigts. "Je n'y compte pas trop. Mon père a une piètre opinion d'elle. D'après ce qu'il dit, elle fera partie des chevaux qu'il enverra à la vente aux enchères.''

Jean se retourna et montra où broutaient les autres juments et les poulains. "Voilà un poulain à suivre: celui de Tap-Tap. On peut déjà voir qu'il est parfaitement conforme. Mon père m'a dit que je pouvais l'entraîner. Ce sera un gagnant.''

"Et Prodige aussi!''

"Tu plaisantes'', Jean eut un petit sourire satisfait, "sois sérieuse. Si tu veux perdre ton temps, ça te regarde, mais je peux te dire que tu ne connais rien aux écuries de course. Cette pouliche n'est en aucun cas une gagnante. Salut.''

Il se retourna et s'éloigna d'un pas nonchalant.

Florence se tourna vers Anne.

"Il ne pense pas ce qu'il dit'', dit-elle avec colère, "il veut juste faire semblant de tout savoir sur les courses. M. Delacroix ne vendra pas Prodige!'' Mais Florence eut un funeste pressentiment.

Pendant la fin de la semaine, il ne fit que pleuvoir, ce qui n'améliora pas le moral de Florence. Il faisait trop humide pour laisser les chevaux dehors, surtout les poulains, mais ils avaient pourtant tous besoin d'exercice. Dans l'écurie, le personnel en imperméable prenait un tour pour faire marcher les chevaux, protégés par de légères couvertures. Ils faisaient marcher les chevaux les plus difficiles dehors, dans l'allée. Mais Florence ne voulait pas prendre ce risque avec Prodige. Elle ne voulait pas que la pouliche se mouille et prenne froid. Son père et Eric Pauwels étaient de son avis. Alors, elle faisait marcher Beauty et Prodige tout le long de l'allée centrale dans l'écurie. Mais, même là, l'air était humide.

Enfin la pluie cessa. Le soleil et une brise fraîche séchèrent les enclos détrempés. Beauty et Prodige semblaient en forme, quand Florence les mit dans leur enclos, ce matin-là. Elles batifolaient toutes les deux dans l'herbe, heureuses d'être sorties de l'écurie.

Ce jour-là, Florence resta au collège, après les cours, pour assister au match de tennis d'Anne. En rentrant chez elle, elle remarqua que Prodige avait l'air apathique. Elle se tenait près de Beauty, en laissant ballotter sa tête. Florence grimpa sur la palissade et s'approcha. Prodige la regarda du même regard affectueux et confiant, mais quelque chose n'allait pas.

Florence l'embrassa. "Qu'est-ce qui ne va pas?"

La pouliche poussa un petit grognement et toussa.

Florence remarqua alors que Prodige avait chaud, trop chaud, et ses naseaux coulaient. Les chevaux n'attrapent pas les rhumes des hommes, mais ils ont leurs propres virus de grippe. Prodige en présentait tous les symptômes.

Florence sortit de l'enclos en courant, ramassa les longes de Beauty et de Prodige et les conduisit toutes les deux à l'écurie. "Papa!", cria-t-elle, "Viens vite! Je crois que Prodige est malade!"

Son père passa la tête par la porte de son bureau, au bout de l'écurie. "Qu'est-ce qui ne va pas?"

"Ses naseaux coulent, elle a chaud et elle tousse."

Il se dépêcha d'arriver. Florence avait déjà installé la jument et Prodige dans leur box. Son père s'agenouilla près de Prodige. Il secoua la tête. "Garde-la au chaud. Couvre-la. Je vais appeler le vétérinaire."

Florence se rappela l'avertissement du Dr Duhamel au sujet de la sensibilité de Prodige aux microbes. Elle courut à la sellerie et trouva une couverture propre. De retour dans le box, elle en enveloppa Prodige. La pouliche s'était laissée choir sur la litière et s'y était pelotonnée. Beauty lui donnait de petits coups de tête, sentant bien que quelque chose n'allait pas. Le père de Florence revint très vite. "Nous avons de la chance. Le docteur est ici, aux écuries de course. Il va arriver tout de suite. Elle allait bien ce matin, non?", demanda M. Demoulin.

"Oui. Elle trottait partout."

"Alors le mal a été pris à temps", il passa la main dans les cheveux de Florence, "nous allons voir ce que nous pouvons faire."

"Le Dr Duhamel a bien dit qu'elle était si petite et si faible que...", Florence ne put finir.

"Pour l'instant, reste avec elle et parle-lui. Elle te connaît et a confiance en toi, c'est le meilleur remède dans l'immédiat." Mais son père avait l'air préoccupé. Florence savait qu'il pensait au virus qui avait décimé le haras des Avelines.

Quelques minutes plus tard, le vétérinaire arriva. Il alla droit vers la pouliche et souleva la couverture. Florence lui laissa la place et serra les poings. L'examen par le vétérinaire sembla durer une éternité. "La grippe", dit-il enfin. Il leva les yeux sur Beauty.

"Comment va la jument?"

"Bien, semble-t-il."

"Comme tu le sais, c'est extrêmement contagieux, mais la pouliche est certainement plus fragile que la jument. Il vaut mieux les mettre toutes les deux en quarantaine et surveiller les autres chevaux. Il faut éviter que la maladie se répande dans toute l'écurie. Je vais lui faire une piqûre pour maîtriser la fièvre et prévenir toute raideur musculaire. Garde-la au chaud et au sec et assure-toi qu'elle tète. Si nous sommes intervenus à temps, il n'y aura peut-être pas de complications."

"Pensez-vous qu'elle guérira?", dit Florence d'une voix tremblante.

"Je dirais qu'elle a peut-être une chance."

Après le départ du vétérinaire, M. Demoulin prépara le box qui se trouvait à l'extrémité de l'écurie, séparé des autres par un mur et un couloir. On ne l'utilisait que pour les animaux contagieux. Quand tout fut prêt, Florence y conduisit Beauty et Prodige. Prodige ne voulait pas quitter sa litière et dut être cajolée pour consentir à marcher jusqu'au nouveau box.

Florence caressa Prodige et, pendant les longues heures qui suivirent, elle resta à côté de la pouliche. Après tout le travail qu'elle avait accompli, elle se demandait si elle allait la perdre. Elle réussit à faire lever Prodige une fois pour aller téter, mais la pouliche n'avait pas faim et s'effondra d'un coup sur la litière. Ces deux dernières semaines, Prodige avait grandi de plusieurs centimètres, mais elle avait toujours l'air d'une petite chose fragile, se disait Florence en s'allongeant à côté d'elle pour lui tenir chaud. Son dos faisait moins de 60 cm de long, et Florence pouvait facilement entourer la cage thoracique de Prodige avec son bras.

Florence ne pouvait pas voir le reste de l'écurie depuis le box de quarantaine, mais, de temps en temps, elle entendait des voix soucieuses, puis le brouhaha des juments et des poulains qu'on ramenait à l'écurie. Marc apporta à manger et à boire à Beauty. Il regarda Prodige et secoua la tête.

Les parents de Florence s'inquiétaient du risque d'épidémie et ils passèrent la soirée dans l'écurie, à examiner les chevaux et à désinfecter. Ils étaient si occupés qu'ils en oublièrent presque Florence.

Sa mère vint enfin la voir et passa la tête à la porte du box. Ses cheveux blonds étaient couverts d'un foulard, mais des mèches qui s'étaient échappées encadraient son visage. Elle avait l'air fatigué.

"Tu vas bien?", demanda-t-elle à Florence, "nous surveillons les autres poulains. Deux d'entre eux ont une légère fièvre. Cours à la maison et mange quelque chose."

"D'accord, maman", dit Florence. Elle savait ce qu'étaient en train de vivre ses parents. Elle avait déjà vu cela une fois aux Avelines, et si deux autres poulains avaient de la fièvre, ce n'était pas bon signe. Finalement, tard dans la soirée, les parents de Florence et Eric Pauwels vinrent examiner la pouliche. Florence avait réussi à faire téter Prodige, une fois de plus, mais ensuite la pouliche avait refusé. Ils se consultèrent tous et décidèrent d'attendre un peu, avant de prendre des mesures supplémentaires. Ils avaient assez de mal à essayer d'enrayer l'épidémie. Florence caressa gentiment la robe de Prodige, en lui parlant d'un ton apaisant. Une fois ou deux, la pouliche grogna pour exprimer son malaise et elle essaya de lever la tête.

"Je suis ici, Prodige. Ta maman aussi. On va te guérir."

De temps en temps, Beauty hennissait et donnait de petits coups de tête à son petit. Elle avait confiance en Florence et semblait comprendre que celle-ci faisait de son mieux pour Prodige. Finalement, Beauty s'allongea aussi sur la litière du grand box et s'installa pour la nuit. Sa tête était proche de sa pouliche et de Florence, et, d'un œil gentil, elle veillait sur les deux. On ne sait trop comment, elle savait garder ses jambes hors de portée.

"Tout ira bien pour nous… tout ira bien pour *nous*", murmura Florence. Elle posa une main sur le corps chaud de Prodige et l'autre autour du cou de Beauty et s'appuya en arrière au mur du box. Ses yeux étaient si lourds, mais elle ne pouvait pas dormir… pas cette nuit… elle ne pouvait pas…

Chapitre 7

Florence se réveilla en sursaut, pressentant que quelque chose n'allait pas. Elle était sur le lit de camp dans la sellerie. Comment était-elle arrivée là? Elle rejeta la couverture et sauta hors du lit.

Elle sortit rapidement en titubant dans l'aile centrale de l'écurie, puis tourna en direction du box de quarantaine. Mis à part le doux ronflement d'un cheval endormi, tout était parfaitement calme. Son estomac se noua d'effroi, lorsqu'elle regarda par-dessus la porte du box. Beauty dormait et Prodige était pelotonnée sur la litière, grâce au ciel! Mais quelqu'un était accroupi à côté d'elle. C'était Charles Bayer!

Florence regarda fixement le vieil homme.

"Que faites-vous ici?"

"Je passais et je t'ai vue profondément endormie", dit-il d'un ton bourru, "j'ai pensé que, peut-être vous aviez tous besoin d'aide. Tes parents étaient auprès d'autres chevaux. La pouliche va bien, si tu veux le savoir."

"C'est vous qui m'avez portée sur le lit de camp?"

"Il m'a semblé que c'était la moindre des choses... je

t'ai relayée un moment. Et la vieille Beauty me connaît. Je l'ai entraînée, quand elle avait deux ans. C'est une bonne vieille jument. Nous avons de l'affection l'un pour l'autre, si on peut dire, et je me suis intéressé à sa pouliche. J'ai aussi gardé un œil sur toi. J'admire ton cran.''

Florence était abasourdie. Sa bouche béait et elle la referma rapidement.

Charles Bayer ne lui laissa pas le temps de faire des commentaires.

"Au boulot'', dit le vieil entraîneur d'un ton professionnel. "Je ne pense pas qu'elle aille téter d'elle-même, mais nous pourrions aller lui chercher un peu de lait. Garde-la un moment, je vais lui préparer un petit quelque chose.''

Charles revint quelques minutes plus tard avec un petit seau en plastique et un biberon.

"J'ai apporté quelque chose pour remplacer le lait de sa mère'', expliqua-t-il, "je vais te montrer ce qu'il faut faire.'' Il s'accroupit près de la tête de Prodige et plongea les doigts dans le seau. Puis il lui ouvrit la bouche, avec précaution, et y mit les doigts. La pouliche lapa faiblement le lait. Charles introduisit alors rapidement la tétine du biberon, mais Prodige la recracha. Charles soupira. "Cela s'annonce plutôt mal.'' Il plongea ses doigts dans le lait, à nouveau, et les mit dans la bouche de Prodige. Puis il demanda à Florence d'essayer.

Elle y réussit et, peu à peu, pendant l'heure qui suivit, ils purent faire avaler à Prodige la moitié du seau de lait.

Florence remarqua que la lumière commençait à filtrer à travers les hautes fenêtres de l'écurie. Charles en avait fini et il s'appuya au mur du box. "Crois-tu que tu vas pouvoir te débrouiller toute seule, un moment?", demanda-t-il.

Florence fit oui de la tête.

"Je dois dire un mot à ton père, lui expliquer ce que j'ai fait avec le lait de remplacement, mais je ne dirai rien au reste du personnel. Je repasserai plus tard dans la journée." Il caressa Beauty et Prodige et quitta le box.

"Merci, Charles", lui lança doucement Florence, mais il était déjà parti. Un instant, Florence se demanda si elle n'avait pas rêvé, mais le seau et le biberon dont ils s'étaient servis pour nourrir Prodige étaient bien là. Et curieusement, la pouliche semblait aller un peu mieux. Elle semblait moins mal à l'aise et avait un peu moins chaud.

Les deux jours suivants, Charles et Florence prirent un tour auprès de Prodige. Florence détestait quitter la pouliche pour aller en classe, mais, au moins, elle pouvait y parler avec Anne. Par chance, le virus de la grippe ne se répandit pas. Les poulains, dont s'inquiétaient ses parents, reprirent le dessus. Les autres juments et poulains restèrent vigoureux et en bonne santé. Florence lisait le soulagement sur le visage de ses parents.

Au milieu de la semaine, quand Florence rentra du collège, Prodige était debout dans le box. Charles était avec elle.

"Pas mal, hein?", il sourit, "elle s'est levée seule. Je

60

venais la voir et je l'ai trouvée comme ça. Nous avons vaincu la grippe.''

En embrassant la pouliche, Florence avait les larmes aux yeux.

''J'ai pensé que tu serais heureuse'', dit Charles.

M. Demoulin passa au box après le départ de Charles. On dirait qu'elle est sortie d'affaire, grâce à toi et à Charles.

Cette fois, on a eu beaucoup de chance. Tous les autres poulains vont bien et aucune des juments n'a attrapé le virus. C'est Prodige qui allait le plus mal. Ce vieux bonhomme a beaucoup d'admiration pour ton courage. Bien sûr, il ne te le dira jamais en face.''

Florence sourit. Elle savait que Charles n'était pas homme à faire des compliments.

''Mais la maladie a fait régresser Prodige'', ajouta son père, ''il faut y aller doucement avec elle.''

Ce soir-là, pour la première fois depuis la maladie de Prodige, Florence quitta le box sans s'inquiéter. Malheureusement, il lui fallait penser à d'autres choses aussi, à ses devoirs de classe, par exemple. Elle ne s'en était pas souciée, parce que Prodige lui semblait tellement plus importante. Mais ce soir, Florence devait faire un compte-rendu de lecture pour le lendemain et travailler pour deux interrogations à venir. Les vacances d'été approchaient et l'école serait bientôt terminée. Si elle rapportait un mauvais bulletin scolaire à la maison, ses parents lui reprocheraient de passer trop de temps avec les chevaux. Cela ne devait arriver à aucun prix. Alors, elle ouvrit grand ses livres sur son lit et travailla avec frénésie.

Chapitre 8

"Ouah!", s'exclama Florence, soulagée, "mon carnet n'est pas aussi mauvais que je l'aurais cru: deux C seulement. Et le tien?", demanda-t-elle à Anne.

"J'ai un A en sport!", dit Anne.

Florence se leva de son bureau et glissa son carnet dans son cahier de textes. C'était le dernier jour de classe, enfin! La seule ombre au tableau était le départ d'Anne pour Paris, avec son père. Elle allait assister aux courses pendant une partie de l'été. "Tu vas me manquer", dit Florence, "j'aimerais bien que tu ne partes pas. Mais je ne devrais pas dire ça, car ce sera super pour toi."

"Ouais. Mais toi, tu as Prodige pour t'occuper." A cette pensée, Florence sourit. La pouliche était à nouveau en bonne santé et, la veille, tout le personnel des écuries d'élevage était venu assister à la première sortie de Prodige depuis la fin de sa grippe.

"De toute façon, je serai de retour avant la fin des vacances", ajouta Anne.

La sonnerie annonça la fin des cours.

"Bonnes vacances à tous!", leur lança le professeur

principal, Mlle De Saules, au milieu du chahut. Florence et Anne attrapèrent leur sac à dos et coururent vers la porte.

"Non, Thomas, ce n'est pas comme cela qu'il faut la panser", dit Florence en riant, "et toi, Prodige, cesse de vouloir manger la brosse!"

C'était au tour de Florence de surveiller Thomas. Laura ne voulait pas passer ses vacances à faire du baby-sitting, et Florence ne lui en voulait pas, mais Thomas pouvait être encombrant parfois. Ce matin de début juillet, elle l'avait emmené avec elle dans le box et il avait eu le privilège rare de panser Prodige.

Malheureusement, les méthodes de pansage de Thomas étaient assez désinvoltes. Il ignora totalement la tête et les jambes de Prodige qui ne l'aidait guère, il est vrai. Elle pensait qu'il s'agissait d'un jeu et ne cessait pas de bouger la tête pour mordiller la brosse douce qu'il tenait et de repousser son bras avec ses naseaux. Des brindilles de litière collaient encore aux jambes et au ventre de Prodige, quand Thomas eut terminé, mais la pouliche mordillait affectueusement l'oreille de l'enfant de ses lèvres douces.

Thomas se mit à pouffer de rire et à gigoter, "ça chatouille, Prodige, ne fais pas l'idiote", il repoussa la tête de Prodige, "elle m'aime beaucoup, hein, Florence?"

"Euh, euh. Tu sais, c'est un grand jour pour elle. Papa a décidé qu'il était temps pour Beauty et pour Prodige de rejoindre les autres juments et les poulains dans le grand enclos."

"Je peux la conduire?", demanda-t-il tout excité.

"Tu pourras m'aider à la tenir, si tu me promets de ne pas trop lui sauter autour. Tiens, voilà papa."

Florence se faisait du souci pour cette sortie. Prodige avait grandi depuis sa grippe. Sa tête arrivait maintenant à l'épaule de Florence, mais elle avait toujours l'air frêle. "Es-tu sûr que ça ira?", demanda-t-elle à son père, tandis qu'ils conduisaient les chevaux à l'enclos, "elle est si petite comparée aux autres poulains. Est-ce qu'ils ne vont pas la bousculer?"

"Tu m'as tout l'air d'une mère surprotectrice", plaisanta son père, "il va falloir qu'elle s'adapte, mais ça ira bien. Elle a besoin d'être dehors avec les autres chevaux et elle doit apprendre à se débrouiller toute seule."

Après avoir lâché Beauty et Prodige, M. Demoulin rentra à l'écurie, mais Florence et Thomas restèrent devant la palissade de l'enclos, anxieux. Charles vint les rejoindre.

Florence voyait bien que Prodige était terrifiée. Elle colla à Beauty pour se protéger, quand les autres poulains, curieux, approchèrent pour examiner la nouvelle venue. Tous étaient plus grands que Prodige, de plusieurs centimètres au garrot, et leur dos avait commencé à s'allonger.

Pour commencer, les autres, par jeu, donnèrent des petites ruades à Prodige, mais elle ne savait comment réagir. Prodige avait toujours été entourée d'humains et de Beauty, et elle n'était ni assez grande, ni assez forte, pour se mesurer aux autres poulains. Elle se recroquevilla encore plus près de Beauty, qui faisait son possible pour protéger son petit. Elle chassait les petits durs en les mordillant et en leur donnant de légers coups, mais elle ne pouvait en faire plus.

Beauty avait décidé qu'il était l'heure d'aller boire à l'abreuvoir. Une demi-douzaine de juments s'y trouvaient déjà. Beauty se fraya un passage, plaquant ses oreilles en arrière, en guise d'avertissement pour celles qui ne bougeaient pas. Prodige suivit sa mère de près, et peu après la jument et la pouliche eurent l'abreuvoir pour elles.

"Ces chevaux ont leur propre ordre de préséances", expliqua Charles dans un sourire, Beauty est une sorte de chef des juments. Elle ne permet à aucune autre de se mettre sur son chemin et les autres savent qu'elles n'ont pas intérêt à avoir des histoires avec elle. C'est une bonne leçon pour Prodige. Beauty est une vieille dame coriace", gloussa Charles, "mais il aurait fallu voir ça pendant une course. Elle ne laissait jamais aucun autre cheval donner le meilleur de lui-même sur une piste. Il se pourrait que la petite Prodige ait hérité du côté lutteur de sa mère."

Quelques jours plus tard, en se rendant à l'enclos pour voir Prodige, Florence s'aperçut que la pouliche apprenait à se défendre toute seule. Elle n'était pas assez grande pour repousser les autres poulains autour d'elle, mais elle ne les laissait plus la pousser. Elle tenait fermement sur ses jambes, et quand les autres poulains devenaient trop brutaux, Prodige envoyait un coup de pied bien ajusté dans leur direction.

"Bravo!", lui lança fièrement Florence par-dessus la palissade. Au son de la voix de Florence, Prodige trottina vers elle en la saluant d'un hennissement et pressa sa tête à travers les deux planches du haut de la palissade. Florence frotta les oreilles de la pouliche. Le père de Florence la rejoignit.

"Elle se débrouille bien, n'est-ce pas?", puis il ajouta gaiement, "Viens avec moi une minute. Je veux te montrer quelque chose."

Florence était perplexe, mais son père ne lui donna aucune explication, tandis qu'en contournant l'écurie, il la conduisait vers l'aire d'entraînement. Il s'arrêta près d'un enclos. Il y avait deux chevaux à l'intérieur, une jument Appaloosa, à la croupe blanche tachetée, signe éminemment distinctif de cette race, et un grand et élégant cheval bai.

"J'ai fini par nous trouver des chevaux à monter. Voilà pour toi", il sourit et lui désigna le bai.

Florence fixa le cheval, puis son père. "Pour moi? A monter?"

"Mais oui. Il s'appelle Ambassadeur."

"Mais on dirait un pur-sang!"

"C'en est un", rit son père, "un vieux cheval hongre. On l'a retiré des courses, il y a des années. Eric pensait qu'il ferait une bonne monture pour toi. Il est d'humeur égale et il ne fera pas de bêtises. Avant son mariage, la fille de Delacroix partait en randonnée avec lui. Nous pouvons aussi utiliser la jument pour nous. Son nom est Belle, mais pour changer un peu, j'ai pensé que tu aimerais essayer un pur-sang."

"Ouah! Mais bien sûr que je veux!", haleta Florence. Elle savait bien que son père leur trouverait des chevaux, mais elle n'avait jamais espéré un pur-sang pour elle! Elle était si émue qu'elle ne savait quoi dire.

Sophie s'approcha de l'enclos en souriant. Elle portait une selle.

"Pas mal", cria-t-elle en entrant dans l'enclos pour seller Ambassadeur.

"Pourquoi ne pas l'essayer dans l'enclos, d'abord?", dit M. Demoulin, "ensuite tu pourras le sortir autour du haras. Mais reste à proximité des écuries et de la piste d'entraînement."

"C'est promis!" Florence était déjà en train de se précipiter vers Sophie et Ambassadeur. Elle tendit sa main vers le cheval et la lui laissa flairer. Puis elle lui passa la main sur le cou et lui parla tranquillement, lui laissant ainsi le temps de comprendre qu'elle était une amie. Elle se mit à côté de lui, glissa un pied dans l'étrier et monta en selle.

Florence avait peine à réaliser qu'elle était en selle sur un pur-sang. Maintenant elle allait pouvoir vraiment s'entraîner à monter, et quand Prodige serait assez âgée, Florence serait fin prête à la monter!

Sophie recula d'un pas et Florence fit faire une promenade au cheval autour de l'enclos. Puis elle en sortit et partit jusqu'au sommet de la colline.

Tandis qu'elle chevauchait, elle ne pouvait s'empêcher de rêver au jour où Prodige aurait fini sa croissance. Elle s'imaginait en selle, courbée au-dessus du col de la pouliche, chevauchant au grand galop!

Ils étaient tout en haut de la colline et, en dessous, Florence voyait les écuries d'entraînement, l'ovale de la piste de course et les enclos verts qui s'étendaient tout autour. Elle avait l'impression d'être sur le toit du monde.

Quand la piste se mit à descendre en direction des écuries, Florence fit ralentir Ambassadeur et le mit au trot tout le long d'une rangée d'arbres. Elle n'avait plus une vue d'ensemble du haras et n'était pas certaine de l'endroit exact où ils se trouvaient, mais le chemin où elle était semblait fréquenté et portait l'empreinte de sabots de chevaux. Elle mit Ambassadeur au petit galop et le cheval reprit de la vitesse avec empressement.

Alors qu'ils prenaient un virage bordé d'arbres, elle vit un autre cavalier au petit galop, qui venait dans leur direction. Le cheval ressemblait beaucoup au poulain qu'avait monté Jean Delacroix, et, comme ils se rapprochaient, elle reconnut Jean sur la selle.

Florence en fut si heureuse et agitée qu'elle leva la main pour faire un geste amical et sourit même à Jean, quand les deux chevaux se croisèrent. En même temps, elle ne pouvait réprimer un brin de satisfaction à l'idée que Jean la voie sur le dos d'un pur-sang.

Elle éclata de rire en voyant son expression. Il la fixait, en ouvrant de grands yeux. Il ne s'attendait certainement pas à la voir, *elle*, au petit galop sur le dos d'Ambassadeur. Mais les chevaux allaient trop vite, il ne put que rester bouche bée devant elle, l'espace d'un instant. *Cela t'apprendra, espèce de snob!* pensa-t-elle en poursuivant son galop. *Moi aussi, je sais monter à cheval!*

Ce soir-là, Florence était courbatue, car elle n'avait pas monté un cheval depuis longtemps. Elle se plongea dans un bain chaud pour soulager ses courbatures, mais la course à cheval valait la peine. Tout ce qu'elle voulait, c'était s'entraîner et s'entraîner encore avec Ambassadeur, jusqu'à ce qu'elle soit aussi bonne que les autres jockeys du haras, assez bonne pour avoir une chance de monter Prodige.

Pendant les jours suivants, Florence s'entraîna *vraiment* jusqu'à ce qu'à nouveau ses muscles soient en condition et qu'elle ne fasse plus qu'un avec Ambassadeur. A la fin de la semaine, elle lui avait fait descendre l'allée au grand galop pour la première fois. En revenant de sa promenade, après son exploit, elle avait les joues en feu. Ambassadeur était excité aussi, caracolant et jetant sa crinière en arrière. Mais en atteignant le secteur de l'élevage, Florence leva les yeux vers l'enclos des juments et des poulains, et arrêta net Ambassadeur.

M. Delacroix, M. Smets et son père étaient près de la palissade de l'enclos, en train de regarder les poulains. Inquiète, elle vit marcher les trois hommes lentement le long de la palissade. Ils s'arrêtaient de temps à autre, désignant un poulain par-ci, un poulain par-là, tout en parlant entre eux. Elle ne pouvait entendre ce qu'ils disaient, mais elle voyait bien leurs visages. Ils hochaient la tête et souriaient de temps en temps.

Mais quand son père montra Prodige, ils froncèrent tous les deux les sourcils et secouèrent la tête. Son père continuait de parler. M. Delacroix haussa les épaules, apparemment peu convaincu, puis ils poursuivirent tous leur chemin le long de la palissade.

Il répugnait à Florence de demander à son père ce qu'ils avaient dit, mais, ce soir-là au dîner, elle décida qu'elle devait savoir.

"J'ai vu M. Delacroix et M. Smets qui regardaient les poulains, papa. Ils n'aiment pas Prodige, n'est-ce pas?"

Son père releva la tête, puis la secoua. "Je dois être honnête. Non, ils n'ont pas été convaincus. Ils recherchent des poulains au potentiel fort. Dans ce métier, on ne peut pas se permettre de prendre des risques. Pour l'instant, ils ne parieraient pas sur Prodige. Cela peut changer..."

"Cela changera!"

"Je pense que tu as fait un boulot remarquable avec cette pouliche, mais tu dois te préparer au pire aussi. Delacroix peut décider de vendre Prodige."

"Oh, non! C'est ce que Jean m'avait dit, mais je pensais qu'il voulait se vanter. Je ne l'ai pas cru."

"Jean t'a dit ça?", dit Laura, surprise.

"Ils ne peuvent pas vendre Prodige", cria Thomas, "elle est trop extraordinaire!"

"Quand vendent-ils les chevaux?", demanda Florence, d'une voix tremblante.

"Les enchères pour les chevaux de moins d'un an ont lieu à l'automne, ensuite, le premier janvier, commence la vente des chevaux d'un an. Mais ne te fais pas de mauvais sang maintenant", dit rapidement M. Demoulin, "la pouliche peut très bien rester au haras. Je veux juste te faire comprendre les réalités, Florence. Je ne veux pas que tu te fasses trop d'illusions, car tu en souffrirais trop par la suite."

"Mais on n'a même pas encore donné la moindre chance à Prodige!"

Florence vit Laura lui lancer un coup d'œil. Elle savait

ce que pensait Laura: M. Delacroix ne garderait pas Prodige. Mais après avoir soigné la pouliche, en avoir pris soin, Florence avait le sentiment qu'elle lui appartenait personnellement et pas à M. Delacroix!

Florence se dépêcha de débarrasser la table et de disposer la vaisselle dans le lave-vaisselle, puis se précipita dehors. Elle voulait parler à Charles et voir ce qu'il pensait. Il était certainement dans les écuries d'entraînement, en train de parler aux palefreniers. Florence alla voir dans une des écuries, mais elle ne le vit pas. Elle le trouva dans la suivante, en train de parler à l'entrée avec un lad.

A l'entraînement, personne ne savait encore que Charles avait aidé Florence à s'occuper de Prodige, de sorte que Florence attendit à quelques mètres de là. Le lad lui tournait le dos et ne la voyait pas. Quand Charles leva la tête pour réajuster son chapeau défraîchi, Florence lui fit un signe de la main pour qu'il vienne la rejoindre derrière l'écurie.

Charles fit un signe de tête nonchalant et continua à parler avec le lad.

Florence courut derrière l'écurie et attendit. Quelques minutes plus tard, Charles fit son apparition.

Les mots se bousculaient fiévreusement dans la bouche de Florence. "M. Delacroix est venu tourner près des enclos ce matin et a regardé les poulains. Prodige ne lui a pas plu, à M. Smets non plus, Charles. Ils pourraient la vendre."

"Attends un peu", dit Charles posément, "personne ne veut rien vendre aujourd'hui."

Elle parla à Charles de la réaction des deux hommes

71

devant Prodige et de ce que ses parents avaient dit. "Tes parents ont raison, il y a le temps. Aucune décision ne sera prise avant un bon moment. Delacroix n'envoie jamais rien aux enchères d'automne, sauf s'il a une jument et son poulain à vendre ensemble, mais Beauty est trop vieille pour être vendue. Tu n'as pas à te faire de soucis jusqu'à l'hiver, au moment où commence la vente des chevaux d'un an." Il repoussa son chapeau en arrière et réfléchit un moment. "Il y a quelques petites choses à faire pour aider Prodige. Elle a deux mois, maintenant, non? C'est assez vieux pour commencer doucement à changer son alimentation."

"C'est-à-dire?"

"On va commencer à lui donner un mélange de céréales, juste un petit peu. Ton père en a dans la réserve. Cela va lui apporter des protéines en plus et des minéraux. C'est un supplément au lait de la jument. D'habitude, on ne commence à en donner aux poulains qu'à partir de trois mois, mais la pouliche en a besoin et ça pourrait la faire démarrer, mais pour commencer, pourtant, juste un peu. Et nous ferions bien d'aller en avertir ton père. Viens. Je t'accompagne."

Ils trouvèrent le père de Florence dans son bureau. Charles lui expliqua ce qu'il avait en tête et M. Demoulin approuva. "J'aurais dû y penser moi-même. Allez-y Charles. Vous savez où les choses se trouvent et vous pourrez montrer à Florence les céréales et la bonne quantité."

Florence et Charles se dirigèrent vers la réserve d'aliments. Le vieil homme montra le mélange de céréales à Florence et leur dosage. Quand Florence et Charles pénétrèrent dans le box, Prodige vint vers eux et, par jeu, donna des petits coups de tête affectueux à Florence. Charles retint Beauty par sa longe, pour qu'elle ne puisse pas prendre la nourriture de Prodige.

"Regarde ce qu'on t'apporte", Florence sourit en posant le seau de céréales sur le sol à côté de Prodige. Prodige hésita.

"Je devrais peut-être te faire goûter", dit Florence. Elle se pencha sur le seau et plongea ses doigts dans le mélange épais. Puis elle tendit ses doigts vers la bouche de Prodige et attendit que la pouliche goûte délicatement cet aliment nouveau.

Immédiatement, Prodige poussa un cri aigu de satisfaction et grignota gentiment dans la main de Florence, en en redemandant.

"C'est bon, hein?", l'encouragea Florence, "mais il faut que tu manges le reste dans le seau." Elle souleva le seau et le tint sous le nez de Prodige. Celle-ci comprit rapidement et, en une seconde, plongea la tête dans le seau et attaqua son repas.

"Bonne fille!", dit Florence, en embrassant Prodige, "Ça lui plaît, Charles!"

"Ouais", approuva Charles de la tête, en regardant manger Prodige, "il ne nous reste plus qu'à attendre pour voir si ça lui donne un peu de graisse sur les os."

Chapitre 9

Durant les chaudes journées paresseuses d'août, Florence fit faire à Beauty et Prodige de longues promenades autour du haras. Thomas suivait aussi le mouvement, monté à cru sur son nouveau poney. Leurs parents avaient trouvé ce poney dans une ferme du voisinage. Thomas l'avait appelé Tamara II. C'était un poney gras et poilu, qui n'avançait jamais plus vite qu'au trot; mais Thomas l'adorait.

Un après-midi, Laura se joignit à eux. Elle conduisait Beauty, tandis que Florence tenait la longe de Prodige. Elles surveillaient toutes les deux Thomas, pendant qu'il trottait en tête.

"Pourquoi ne montes-tu pas Belle?", demanda Florence à sa sœur.

"Tu sais bien que je n'aime plus faire du cheval, depuis qu'il y en a eu un qui m'a fait peur, un jour, aux Avelines."

"Oui, mais s'il s'est emballé, c'est à cause de la voiture qui lui pétaradait dans le dos. Tu es bonne cavalière."

Laura secoua la tête. "Je suis trop nerveuse, j'ai peur que ça puisse arriver à nouveau."

"Tu vas adorer l'endroit que j'ai trouvé pour nager", dit Florence à Laura, "c'est super."

"J'aurais sûrement besoin d'un bain", répondit Laura, en essuyant des gouttelettes de sueur sur son front, "il commence à faire chaud."

"C'est là", dit Florence, lorsqu'ils arrivèrent en haut d'un monticule. L'eau ondulante du ruisseau scintillait au soleil et se transformait en bassin, près d'une haie de saules pleureurs. Thomas entraîna Tamara dans l'eau. Le poney éclaboussa tout autour de lui et Thomas rit à gorge déployée.

"Ouah, ça n'a pas l'air mal!", dit Laura, "OK., Beauty, allons barboter." Laura fit avancer la vieille jument, qui éclaboussa Thomas devant elles. Florence tira Prodige en avant aussi. "Viens, ma fille, tu vas adorer ça!" La pouliche suivit Florence de bon cœur, mais, une fois au bord de l'eau, elle se cabra fermement sur ses pieds et s'arrêta net en dérapant. Florence sentit la secousse au bout de la longe, mais ne put s'arrêter elle-même à temps. Elle trébucha et s'étala tête la première! Elle se releva en crachant une gorgée d'eau. Laura et Thomas riaient comme des fous.

Florence repoussa ses cheveux mouillés de ses yeux. Elle ne put s'empêcher de rire, elle aussi. "C'est une manière comme une autre de se baigner!", elle se retourna vers Prodige, toujours sur la rive, les jambes raides, l'air déconcerté, mais emplie de curiosité. Florence tira sur la longe. "Tu ne penses pas rester sèche, alors que *je* suis trempée grâce à toi." Comme la pouliche était inébranlable, Florence revint sur la rive, se mit derrière Prodige et la poussa. Effarouchée, la pouliche bondit en avant et se retrouva dans l'eau jusqu'à mi-jambes. Elle eut un hennissement aigu, mais Florence était juste à ses côtés pour la rassurer. ''Tu vois, ce n'est pas si mal.''

''Viens, Prodige!'', appela Thomas de son poney.

Prodige pencha la tête et renifla l'eau, puis regarda Beauty, qui barbotait au milieu du ruisseau. Beauty hennit doucement. Prodige se décida et, timidement s'avança un peu plus.

Prenant dans ses mains un peu d'eau, Florence en arrosa le dos de Prodige. ''C'est bon, non?'' Laura contemplait le ruisseau, perdue dans ses rêves. Florence ressentit le besoin de la taquiner. Elle frôla l'eau d'une main et éclaboussa sa sœur.

''Hé!'', cria Laura, en regardant son T-shirt trempé. Puis elle éclata de rire et donna un grand coup dans l'eau pour éclabousser sa sœur à son tour, et Prodige par la même occasion. La pouliche s'ébroua, puis sembla comprendre que c'était un jeu. Elle s'enfonça plus profondément dans le courant. En peu de temps, un véritable combat s'engagea dans l'eau.

Le temps qu'ils ressortent, ils dégoulinaient tous d'eau, y compris les chevaux. Comme Florence savait que Prodige ne vagabonderait pas loin de Beauty, elle la détacha. Elle s'assit au soleil à côté de Laura, tandis que Thomas, juché sur son poney, arpentait le bord du ruisseau en tous sens.

''C'était amusant!'', soupira Florence, en arrachant un brin d'herbe qu'elle se mit à mâcher.

''Ouais'', approuva Laura. Elle avait pris un peigne dans sa poche et démêlait ses cheveux mouillés.

"Que penses-tu de Prodige, Laura?", demanda Florence.

"De Prodige?", Laura haussa les épaules, puis grimaça de douleur parce qu'elle s'était tiré les cheveux avec son peigne. "Elle a meilleure allure qu'avant."

"Je sais, mais sera-t-elle assez bien pour M. Delacroix?"

"Elle est vraiment mignonne et tout, et je vois bien pourquoi tu lui es si attachée. Mais tu devrais peut-être t'intéresser à autre chose qu'aux chevaux."

Florence réfléchit une minute. "Je m'intéresse à d'autres choses. Mais c'est les chevaux que je préfère. Qu'y a-t-il de mal à ça? Tu aimes bien les fringues et le rap."

"Tu ne regardes même pas les garçons."

"Mais si. Dans ma classe, la plupart des garçons sont des crétins, et, de toute façon, je suis plus grande qu'eux."

"On dirait que tu as encore grandi cet été."

Laura jeta un coup d'œil à sa sœur: "Cela ne t'empêche pas d'être encore maigrichonne et toujours aussi plate."

Les joues de Florence rougirent. Elle tourna la tête pour que Laura ne remarque pas l'embarras qu'elle éprouvait sous son regard scrutateur.

"C'est ce qu'il y a de mieux pour être jockey. J'espère bien rester comme ça."

"Tu plaisantes! Tu veux vraiment devenir jockey?", sa sœur rit, "tu as le temps de changer d'avis."

"Pas du tout. Quand Prodige sera assez vieille pour être entraînée, je veux la monter. C'est la raison pour laquelle je me suis tant entraînée avec Ambassadeur."

"*Si* M. Delacroix décide de la garder."

Florence fronça les sourcils et regarda sa sœur.

"J'espère bien qu'il le fera, Flo. Je ne dis pas que ce ne sera pas le cas, simplement, tu dois te souvenir de ce que maman et papa ont dit au sujet de trop grandes espérances de ta part."

Bien sûr que Florence s'en souvenait. Comment pourrait-elle oublier? Elle pensait constamment qu'elle pouvait perdre Prodige, mais elle n'avait pas l'intention d'abandonner.

"En fait, tu n'aimes pas assez les chevaux pour comprendre seulement ce que je ressens", dit Florence sèchement.

"Excuse-moi", dit Laura, "je ne voulais pas te fâcher, pourquoi ne viendrais-tu pas avec moi, ce soir, au cinéma à Ferrière? J'ai rendez-vous avec Pascale, et maman m'a dit qu'elle m'emmènerait."

Florence fronça à nouveau les sourcils et jeta le brin d'herbe qu'elle était en train de mâcher. "Peut-être. Qu'est-ce qu'on joue?"

"C'est une comédie."

"Ah bon? OK. Je pense que je viendrai."

Plus tard, en rentrant Beauty et Prodige dans leur enclos, Florence vit Charles s'approcher. Quand il l'eut rejointe, ils regardèrent ensemble les chevaux.

"Prodige a meilleure allure, n'est-ce pas?", dit Florence.

Charles fronça les sourcils.

"Pas mal", dit-il d'un ton bourru.

"Qu'est-ce qui ne va pas?", demanda Florence.

"Ah, Smets vient d'embaucher un nouvel entraîneur

stagiaire, un jeune type. Pas plus de trente ans. Il lui a donné la charge des chevaux de deux ans, encore à l'entraînement au haras. On n'a pas besoin de lui'', grommela Charles, ''moi, je traîne partout et je perds mon temps. On aurait pu penser qu'ils me laisseraient faire quelque chose qui en vaille la peine!''

''Vous m'aidez pour Prodige.'' C'était la seule chose qui lui vint à l'esprit pour réconforter Charles. ''Et vous pourriez peut-être me conseiller, quand je monte Ambassadeur.''

''Alors, tu n'as pas perdu de vue l'idée de devenir jockey, hein?''

''Pas question!'', s'exclama Florence.

''Huuum'', ronchonna Charles. Puis il ramena son chapeau sur son front et, sans un mot, s'éloigna d'un pas traînant.

Le lendemain, Florence ne vit pas Charles, mais quand elle sortit pour seller Ambassadeur, le surlendemain, il était déjà dans l'enclos. Il avait mis une selle de course à Ambassadeur et était en train de resserrer la sangle. Il avait aussi mis à Belle une selle anglaise, classique. Florence le regarda, n'en croyant pas ses yeux, mais elle n'osa pas le questionner. D'ailleurs, son humeur ne semblait pas s'être considérablement améliorée.

''Je suppose que je saurai encore rester en selle sur ces vieilles carcasses'', dit-il sèchement, ''mais pas de folies pour cette jument et moi. J'ai laissé tes étriers assez longs pour le moment. Nous les raccourcirons, quand nous arriverons à la piste toute droite et que tu pourras galoper.''

Florence sauta promptement sur Ambassadeur. Charles allait bel et bien l'entraîner! Ils partirent au pas. Charles surveillait la façon dont Florence était assise en selle et lui glapissait ses commentaires. "Tiens tes épaules droites. Tu dois bien répartir ton poids pour aider le cheval. Tu as le temps de te pencher en avant, quand il sera au galop."

Charles fit remarquer différentes choses, tandis qu'ils trottaient sur les pistes, autour des enclos. "Tes talons remontent. Descends-les. Etire-moi ce muscle du mollet. Tu tiens tes rênes trop lâches. Tu ne peux pas tirer sur sa bouche, mais tu ne peux pas non plus laisser pendre les rênes. Je sais que cette vieille bête d'Ambassadeur ne va pas s'emballer, mais de nombreux chevaux profiteraient de l'occasion."

Plus tard, comme ils quittaient la crête et avançaient sous les arbres, un oiseau s'envola soudain dans les broussailles, à côté d'Ambassadeur. Le cheval fut surpris et se jeta sur le côté, entrant presque en collision avec Charles et Belle, et il faillit faire tomber Florence de la selle. Celle-ci reprit rapidement le contrôle du cheval et l'apaisa de la voix.

Mais Charles n'était pas content. "Tu ne t'attendais pas à ça, hein? Quand on est sur une allée cavalière, il faut être vigilant à chaque seconde, prêt à toute éventualité, sinon gare aux problèmes!"

Quand ils arrivèrent à la longue allée droite, où Florence galopait, elle eut l'impression d'être une ratée complète. Elle avait toujours pensé être plutôt bonne cavalière, mais ce n'était plus le cas maintenant.

Charles vit son expression. "Ne le prends pas si mal.

Tu es bonne. J'irais même jusqu'à dire que c'est inné chez toi. Mais si tu veux vraiment sortir d'ici et gagner un jour sur un pur-sang puissant, entouré d'une douzaine d'autres qui courent aussi vite à tes côtés, alors là, il va te falloir être mieux que bonne.''

Charles fit un arrêt et Florence stoppa à côté de lui. ''Remonte les courroies de tes étriers de quelques crans'', dit-il, ''fais-le sautiller un peu jusqu'à ce que tu te sentes à l'aise. Tu dois te tenir en équilibre au niveau du garrot et, avec les étriers plus courts, tu ne pourras pas garder ton équilibre en enroulant tes jambes autour du cheval. Je vais aller devant. Quand je te ferai signe, fais-le partir. C'est un vétéran. Il sautera tout de suite. Dépasse-moi au galop, va jusqu'aux arbres là-haut, puis fais-le ralentir.''

Florence ajusta les étriers. Jamais encore elle n'avait fait du cheval sur une selle de course, accroupie comme un jockey. Elle fit trotter Ambassadeur en rond pour s'habituer à être assise si haut, les genoux repliés presque sous le menton. Quand elle se sentit à l'aise, elle se tourna vers Charles. Il avait entraîné Belle le long de la palissade tout au bout de la ligne droite. Florence se tenait prête. Charles leva la main, puis l'abaissa. Ambassadeur n'eut besoin de rien de plus que d'une pression des talons et d'un ''en avant!'' de la cavalière.

Il s'élança en avant, emporté par la contraction et la détente de ses muscles. Sa crinière balaya le visage de Florence, quand elle se pencha plus près, au-dessus de son cou. Elle se concentrait pour conserver son équilibre et laissait ses bras et son torse suivre le rythme de la course en épousant les mouvements du cou d'Ambassadeur.

Du coin de l'œil, elle vit Charles et Belle, quand elle les dépassa en un éclair. Ambassadeur et Florence poursuivirent leur course jusqu'à ce qu'ils aient dépassé le bouquet d'arbres. Florence commença alors à faire ralentir le cheval, en se redressant pour ne plus peser sur son cou. Le vieux pur-sang, dûment entraîné, ralentit graduellement. Florence lui fit faire demi-tour et se dirigea vers Charles.

Elle se sentait stimulée, mais se mordit la lèvre nerveusement en attendant le verdict de Charles. Il fronçait les sourcils, mais en un instant son visage ridé s'illumina d'un sourire.

"On pourrait bien faire de vous un jockey, jeune demoiselle", dit-il.

Florence sourit. Tout allait comme elle voulait! Un jour elle monterait Prodige.

Elle se mit à fréquenter l'aire d'entraînement tous les après-midi et à bavarder avec les palefreniers et les jockeys. Elle devint l'amie de Gabrielle, la fille jockey. Gabrielle adorait parler d'équitation avec Florence.

"Quand as-tu commencé?", demanda Florence, alors que Gabrielle et elle étaient assises sous les arbres, près des écuries, en train de nettoyer des pièces de sellerie.

"Il y a deux ans environ, tout de suite après avoir quitté le lycée. Avant, j'étais palefrenier. Mais c'est un travail difficile, pas très bien payé."

"Mais ça vaut le coup, quand on aime les chevaux", dit Florence.

Gabrielle sourit. "Ouais, ça vaut le coup. Je vais

essayer de me qualifier pour passer ma licence d'apprentie jockey, cette année.''

''Comment fait-on?''

''D'abord, tu fais une démonstration à cheval sur la piste. Un juge t'observe depuis le départ, dans les boîtes, et pendant six tours de piste. S'il décide que tu es assez bonne, tu peux commencer à participer à des courses comme apprentie. Mais ensuite, tu dois te trouver un entraîneur qui veuille bien te faire monter un cheval pour que tu puisses gagner quelques courses et obtenir ta licence officielle. C'est dur. De nombreux entraîneurs ne pensent pas grand bien des femmes jockeys.''

Fin août, Anne revint de Paris avec une foule d'histoires à raconter. Florence était émue de la voir. Anne lui avait vraiment manqué pendant cet été. Elle avait reçu une lettre d'Anne et une autre de Marielle, une amie de longue date, mais ce n'était pas pareil que de se parler entre quatre yeux.

Anne mourait d'impatience de voir Prodige. Les deux fillettes se précipitèrent vers l'enclos.

''Ouah!'', dit Anne, ''elle a vraiment grandi. Elle a forci aussi, et regardez-moi cette allure! Elle a tout à fait rattrapé les autres poulains. Elle a toujours l'air un peu maladroit, mais elle tient le coup.''

Florence poussa un long soupir de soulagement.

''Comme c'est bien que tu sois de retour! Partons faire du cheval. Je ne t'ai pas montré Ambassadeur et Belle.''

Chapitre 10

"A quoi rêves-tu, Florence?", demanda Laura. Les deux sœurs étaient dans leur chambre, en train de faire leurs devoirs. Laura était à son bureau et Florence vautrée sur son lit. C'était fin septembre et à 19h, il faisait déjà nuit.

Florence sursauta. "Euh? Je réfléchissais. Papa va s'occuper du sevrage des poulains demain. Ce sera dur pour Prodige. Je vais me lever tôt pour être là."

"Tu ferais mieux de travailler alors", dit Laura, "tu n'as rien écrit sur ton cahier depuis au moins un quart d'heure, et j'ai vu quelques-unes de tes notes en math. Il y avait énormément de D, Florence."

Les devoirs à la maison étaient la pire des choses, et il lui semblait en avoir tellement plus cette année. Elle les remettait toujours à plus tard, après le dîner, quand il faisait de toute façon trop sombre pour sortir.

Florence tourna la tête et fit une grimace à sa sœur. Laura haussa les épaules, ferma son livre et prit un magazine pour adolescents. "Tant pis pour toi, si tu reviens à la maison avec un mauvais carnet."

Florence n'écoutait pas. Elle se demandait comment

Prodige accepterait d'être séparée de Beauty.

Le lendemain matin, Florence était à l'écurie peu après 5h. Son père avait décidé de sevrer six poulains en même temps. Les poulains s'adaptaient plus facilement à la séparation de leur mère s'ils étaient sevrés à plusieurs, mais ce serait, malgré tout, une expérience effrayante.

Florence parla calmement à Beauty et à Prodige, tout en les conduisant dehors. Mais avant qu'ils aient atteint l'enclos, Sophie vint prendre la longe de Beauty et conduisit la jument au loin avec fermeté.

Beauty ne mit pas longtemps à comprendre que sa pouliche n'était pas avec elle. Elle regarda en arrière et hennit. Sophie tint la longe serrée et entraîna la jument de l'avant. Florence tourna rapidement et conduisit Prodige dans un plus petit enclos.

Prodige poussa un cri et essaya de partir en arrière. La pouliche ne pouvait pas comprendre ce qui arrivait. Pourquoi conduisait-on sa mère dans un autre enclos? Florence empoigna la corde des deux mains et essaya de retenir Prodige. La pouliche était maintenant aussi grande que Florence et devenait chaque jour plus forte, même si elle n'avait pas encore rattrapé les autres poulains. C'était la seule chose à faire pour tirer Prodige dans l'enclos et fermer la porte.

"Cela va aller, Prodige. Du calme, ma fille." Florence faisait de son mieux pour consoler la pouliche, mais Prodige n'écoutait pas. Elle tirait sur la longe, en roulant les yeux d'inquiétude. Elle entraîna Florence vers la palissade, le plus près possible de l'enclos des juments.

Les autres poulains hennissaient tous en un chœur aigu et frénétique. Ils étaient rassemblés à la palissade, se pressant contre elle et essayant de passer au travers. Leurs cris ne faisaient qu'augmenter la panique de Prodige.

Florence savait qu'elle serait incapable de calmer Prodige. Elle détacha sa longe, puis se poussa rapidement de côté, quand la pouliche chargea en direction de la palissade, le long de laquelle les autres jeunes poulains couraient en tous sens. Prodige n'avait qu'une seule chose en tête: rejoindre Beauty.

Deux des autres poulains, pris de panique, se mirent à tourner dans l'enclos à toute allure, cherchant une sortie. Florence se tenait soigneusement à l'écart. Maintenant ils avaient presque fait la moitié de leur croissance et auraient pu facilement la piétiner.

Florence observait Prodige avec inquiétude, pleine de compréhension pour la peur et le trouble de la pouliche. Elle souhaitait désespérément l'aider, mais la seule chose à faire était d'attendre que Prodige se calme toute seule. Les minutes semblaient se traîner, mais, enfin, Prodige cessa sa ronde folle. Pourtant elle n'en restait pas moins collée à la palissade, cherchant Beauty et répondant aux appels de cette dernière. Progressivement, Florence s'approcha d'elle, puis lui caressa gentiment le cou.

"Tout va bien, Prodige. Je suis là. Personne ne te fera de mal."

Prodige était si perturbée, que, pour la première fois, elle prêta peu d'attention aux douces intonations de Florence. Celle-ci persista, parlant à la pouliche, essayant de la distraire. Puis, finalement, Prodige se mit à écouter. Sa confiance dans l'enfant qui l'avait aidée à grandir changeait tout. Elle frissonna nerveusement et s'ébroua, mais ses oreilles se tendirent dans la direction de Florence.

Les autres poulains s'étaient, eux aussi, calmés progressivement. Ils étaient perturbés et malheureux, mais leurs cris n'étaient plus aussi frénétiques. Ils ne couraient plus comme des fous de long en large. Certains d'entre eux se mirent à jouer en se pourchassant les uns les autres à travers l'enclos. Bientôt, les autres les rejoignirent et Prodige regarda dans leur direction. "Vas-y, ma fille", la pressa Florence, "ça ira bien."

La pouliche semblait hésiter. Florence lui donna une caresse d'encouragement sur la croupe. Prodige leva les talons et trotta vers ses compagnons. Elle tourna la tête une ou deux fois, mais Florence lui fit signe de continuer. Puis, avec un sourire de fierté, la fillette regarda la pouliche se joindre au jeu.

"Alors, tu dorlotes toujours cette pouliche?"

Florence sursauta en entendant la voix de Jean Delacroix derrière elle.

"Tout le monde l'appelle le prodige de Florence, il paraît", dit-il, "le *chouchou* de Florence serait plus exact."

Florence pivota pour lui faire face. "Je ne la dorlote pas. Elle sait prendre soin d'elle toute seule. Tu peux voir toi-même comme elle a grandi."

"C'est toujours un avorton. Tu sais, mon père ne lui a même pas encore donné de nom officiel. Quand les papiers d'enregistrement seront remplis, elle sera: pouliche X, née de Tonnerre et de Beauty. Nous allons appeler le poulain de Tap-Tap, Prince.''

''La belle affaire!'' Mais Florence ressentit le choc des paroles de Jean. Ne pas donner un nom officiel à Prodige confirmait presque la vente prochaine de la pouliche, aux enchères des yearlings, après le premier de l'an.

Mais elle n'allait pas accepter les commentaires de Jean sans rétorquer. ''J'ai entendu dire que ton poulain n'avait pas trop bien réussi ses premières courses'', dit-elle innocemment.

Jean rougit, car la remarque de Florence avait fait mouche.

''Oui, il n'a pas eu de chance. Il s'améliorera. Il court la semaine prochaine à nouveau, à Ronchamps.''

''Il sera peut-être meilleur que *huitième* à l'arrivée.'' Et là-dessus, Florence lui tourna le dos et s'éloigna très vite.

Pour éviter de se faire du souci, Florence alla regarder les poulains d'un an, qu'on entraînait pour la première fois. Elle verrait probablement Charles et il aurait peut-être quelques paroles encourageantes à lui dire. Elle le vit à l'intérieur du manège des yearlings et elle l'y rejoignit.

''Regarde bien ce qui se passe là, c'est un bon entraînement pour toi, si tu tiens tant à devenir jockey'', dit-il, ''tu verras aussi ce qui attend ta pouliche, si jamais elle reste au haras.''

Au centre du manège, un poulain, tenu par une longue corde attachée au licou, décrivait des cercles.

"La corde est longue", expliqua Charles, "c'est la première étape de l'entraînement. On apprend au cheval à marcher en cercle autour de soi. D'abord, il va au pas, puis au trot et au petit galop, on lâche alors la corde. Cela aide à assouplir sa démarche et il apprend à obéir aux ordres de la main et de la voix. S'il travaille bien, on l'attache avec une bride et on l'habitue à porter une selle sur son dos. Ensuite on l'habitue à un cavalier. Normalement, on fait ça dans un box tranquille, on y va doucement. Ensuite, on le ramène dehors au manège et il en fait le tour avec le cavalier, comme ils sont en train de le faire là-bas."

Florence regarda l'endroit que lui montrait Charles et vit un jeune cheval et son cavalier que l'on faisait tourner autour de la piste.

"On ne doit jamais bousculer un jeune cheval. Il faut de la gentillesse et du calme, comme ça il n'y aura jamais de problèmes par la suite. Il ne faut pas omettre de le récompenser, quand il a fait du bon boulot, pour qu'il ait envie de le refaire par la suite."

Florence vit s'approcher Gabrielle. Elle était en selle sur un des yearlings que l'on conduisait au manège. Elle sourit à Charles et Florence, en passant devant eux. Dès qu'elle fut à l'intérieur du manège, le palefrenier s'écarta de la tête du cheval et Gabrielle attrapa les rênes. Tranquillement elle se mit à faire avancer sa monture au pas, tout autour du périmètre du manège.

"Ce cheval-là est déjà plus avancé dans l'entraînement", dit Charles, "il a déjà appris à obéir aux ordres du cavalier. Dès qu'il aura appris à aller au pas et à trotter, ici au manège, il sera emmené sur la piste de course et on le fera courir aux côtés d'un cheval adulte et calme pour l'habituer à se sentir à l'aise sur la piste. Ce sera la fin de son entraînement pour cette année. Au printemps, quand il aura deux ans, on poursuivra le travail d'entraînement en l'habituant aux boîtes de départ et en le préparant à la course.''

''Vous pensez que tous ces chevaux feront des courses, l'année prochaine?'', demanda Florence.

''Il faut porter un jugement sur chaque cheval en particulier. Certains ne sont pas prêts avant d'avoir trois ans.''

''Prodige fera sûrement partie des retardataires.''

''Peut-être pas'', dit Charles, ''j'ai vu des tas de poulains, nés en mai, qui étaient prêts à courir avant des poulains de février et mars. Cela dépend des animaux. Je ne crois pas qu'il faille les faire courir trop tôt, de toute façon. Allons voir ta pouliche. Tu dis qu'elle a appris à se défendre toute seule, hein?''

''Oui c'est vrai. Même le Poulain de Tap-tap ne la bouscule plus.''

''J'ai entendu dire qu'on l'avait appelé Prince'', dit Charles.

Florence grogna. ''Ils n'ont même pas donné de nom officiel à Prodige. Cela me met tellement en colère. Jean considère comme une bonne blague le fait qu'on appelle Prodige, le ''prodige'' de Florence. Il m'a dit que c'était toujours un avorton.''

''Tu n'as qu'à lui prouver le contraire et faire en sorte qu'elle soit digne de son nom.''

Ils arrivèrent à l'enclos des poulains sevrés. Florence aperçut Prodige au loin, en train de brouter, et la siffla d'un ton aigu. Immédiatement, la pouliche releva la tête, dressa les oreilles et regarda autour d'elle. Elle vit Florence près de la palissade et arriva au trot vers elle, sans tarder. Elle était maintenant assez grande pour passer facilement sa tête au-dessus de la palissade. Florence lui frotta les naseaux, puis extirpa une carotte de sa poche.

Charles observa la pouliche de ses yeux perçants, particulièrement quand Prodige partit jouer avec d'autres poulains.

Tout d'abord, il ne dit rien. Florence mourait d'impatience de savoir ce qu'il pensait. Il finit par faire un signe de la tête. "Les jambes sont droites, les os solides, les genoux et les canons sont droits, l'aspect des paturons est bon. Le développement des muscles du poitrail et de la croupe est bon, l'encolure est profonde, son dos est plat et plutôt court."

"Et c'est bien tout ça?", demanda Florence.

"Je peux voir son potentiel, mais elle est trop jeune encore pour que je sois formel. Un bon squelette n'est pas tout. Tu peux avoir un cheval d'allure parfaite mais qui ne saura pas se sortir d'affaire. Elle, c'est une lutteuse, mais elle est encore extrêmement petite."

"Vous voulez dire qu'elle n'impressionnera pas M. Delacroix."

"C'est-à-dire qu'il a d'autres jolis poulains exceptionnels. Tu dois te rappeler que c'est un homme d'affaires. Aucun propriétaire, ni aucun entraîneur n'est prêt à dépenser du temps et de l'argent pour un poulain à risques, quand il a en d'autres qui sont des valeurs sûres."

Chapitre 11

"Mes parents vont être furieux", se plaignit Florence à Anne, dans le bus qui la ramenait chez elle. Elles venaient d'avoir, le jour même, leur carnet scolaire. "Je n'ai que des C, plus un énorme D en math!" Florence n'ajouta pas qu'il y avait aussi un mot du professeur de math, disant qu'elle redoublerait si son travail ne s'améliorait pas radicalement. "C'est le plus mauvais carnet de ma vie."

"Tu crois vraiment qu'ils vont se fâcher?", demanda Anne, compatissante, "j'ai rarement eu des B, mais mes parents n'ont jamais rien dit."

"Oui, mais tu n'as pas de D, par ailleurs."

"Non", approuva Anne.

Par chance, Laura n'était pas dans le bus. Florence savait que sa sœur lui aurait posé des questions sur son carnet et aurait voulu le voir. C'était une chose d'en parler à Anne, mais elle ne tenait pas à ce que Laura soit au courant. En arrivant chez elle, Florence se changea rapidement, cacha l'écœurant carnet dans le fond de son tiroir et partit pour l'écurie. Pour une fin octobre, il faisait froid et la plupart des chevaux étaient à l'intérieur. Elle courut vers le box de Prodige. La pouliche salua joyeusement Florence, comme d'habitude, mais Florence se contenta d'un soupir malheureux pour toute réponse.

"Ce n'est pas un bon jour, Prodige. Mon carnet est si mauvais que j'ai peur de le montrer à mes parents. Qu'est-ce que je vais faire? Je sais qu'ils vont me dire de ne pas passer autant de temps avec toi. Bon sang, comme j'aurais aimé avoir mieux travaillé."

Prodige tourna la tête et hennit doucement.

"Ouais, j'ai des ennuis jusqu'au cou. Papa et maman vont peut-être oublier que c'est le moment du carnet."

Florence savait que c'était peu probable, puisque Laura et Thomas allaient, eux aussi, rapporter leur carnet à la maison. Elle débattait encore sur ce qu'elle devait faire, quand Laura entra dans l'écurie.

"Alors, comment est ton carnet, Flo?"

"Qu'est-ce que ça peut te faire!"

"Pas très bon, hein?"

"Oh, fiche le camp! Et comment le sais-tu, d'abord?"

"C'est tout juste si tu te penches sur tes devoirs, tu passes ton temps ici. Et j'ai vu quelques-unes de tes notes en math. Tu avais l'intention de cacher ton carnet aux parents, c'est ça?"

"Oui, c'est ça", grogna Florence, "en tout cas pas leur montrer maintenant."

"Tu sais quoi. Si tu gardes Thomas à ma place, je dirai à papa et maman que je t'aiderai en math. Comme ça, ils ne seront peut-être pas aussi fâchés."

"Mais, tu ne me *paies* même pas, quand je garde Thomas pour toi."

"Pourquoi, je devrais? T'aider en math, ça vaut quelque chose."

Florence jeta un regard furieux à sa sœur. "Je verrai."

Juste avant le dîner, Florence parla à ses parents. "Florence!", s'exclama sa mère, "c'est le pire que tu aies jamais eu! Au bord de l'échec en math? Pourquoi ne nous as-tu pas dit que tu avais des difficultés?"

"Je ne pensais pas avoir d'aussi mauvaises notes. Je travaillerai plus. Je vous le promets!"

Son père se renfrogna. "Je me demande si tu ne te disperses pas trop. La seule solution est que tu passes moins de temps à l'écurie. Je prendrai Sophie pour panser Beauty et Prodige, et finies les courses avec Ambassadeur jusqu'à ce que tes notes s'améliorent, surtout en math. Et je veux que tu fasses tes devoirs, dès ton retour de l'école. Plus question de sortir ou d'aller tourner autour des enclos, avant que j'aie vérifié ton travail."

"Oh, papa, je t'en prie, pas Prodige!", cria Florence.

Son père et sa mère restèrent fermes tous les deux.

"L'école, c'est important, Florence", dit sa mère, "pour l'instant, il se peut que les chevaux soient ton seul centre d'intérêt, mais, même si tu finis par faire carrière dans l'équitation, tu as besoin d'une bonne instruction. Ton père et moi, nous ne dirigerions pas un élevage de chevaux, sans cela."

Florence eut un mouvement de recul. "Je sais. Mais cette année, c'était différent, parce que j'ai essayé de sauver Prodige."

"Nous savons que tu t'es attachée à elle, mais qu'on la vende ou non, tu n'y peux rien, nous non plus d'ailleurs, seul René Delacroix décide. En fait, il est peut-être temps que tu te détaches un peu Prodige. Je veux que tu te mettes au boulot et que tes notes remontent. Laura peut t'aider en math. Tu peux aussi t'adresser à ta mère ou à moi si tu as la moindre difficulté.

En remontant dans sa chambre, Florence était comme assommée. Elle ne pouvait croire à ce que ses parents étaient en train de lui faire. Elle se jeta sur son lit et se cacha le visage dans l'oreiller.

Elle était furieuse contre ses parents et déprimée au-delà de toute expression. Depuis la perte des Avelines, elle n'avait jamais été dans cet état. Bien sûr, elle aurait dû passer plus de temps sur ses devoirs, mais pourquoi fallait-il qu'ils emmènent Prodige? Le pire était que son père dise qu'elle devait se détacher de la pouliche. Avait-il abandonné tout espoir de voir Prodige rester au manège?

"Tu ne peux pas laisser faire ça!", s'exclama Anne, le lendemain, quand Florence lui annonça les nouveaux règlements imposés par ses parents.

"Je sais", gémit Florence.

"J'ai une idée", dit Anne, "j'aime les maths. Et si je t'aidais pendant les heures de permanence? Nous dirions à Mme Pinson ce que nous faisons."

"Tu ferais ça? Je préfère ton aide à celle de Laura, mais j'ai tant de choses à rattraper."

A partir de ce moment-là, chaque après-midi, Florence faisait ses devoirs jusqu'à en avoir mal à la tête. L'aide d'Anne en math lui était précieuse, mais Florence savait que ses notes ne remonteraient pas du jour au lendemain. Toutes les heures passées dans les écuries lui manquaient. C'est là qu'elle était la plus heureuse. C'était une torture d'être consignée à la maison, durant les quelques heures de jour, quand elle aurait pu être avec Prodige.

Florence devait dire à Charles ce qui était arrivé, puisqu'elle ne pouvait plus monter Ambassadeur. Cela la gênait de lui raconter qu'elle avait laissé ses notes se dégrader au point d'être punie, mais il lui sourit, plein de sympathie.

"Je n'ai jamais trop aimé l'école moi-même, mais avoir de l'instruction est vraiment important de nos jours, plus encore que lorsque j'étais enfant. Bosse. Ce vieil Ambassadeur sera encore là quand tes notes auront remonté. Et Sophie prendra bien soin de la pouliche."

"Ce ne sera pas pareil!"

"Tout ne va pas toujours comme on le voudrait, mais il faut s'accrocher."

Au moins, Florence pouvait rendre visite à Prodige quelques minutes, chaque soir, après ses devoirs. Sophie épinglait sur la porte du box un rapport des progrès quotidiens de la pouliche, car elle était partie quand Florence venait à l'écurie. Sophie comprenait parfaitement ce que Florence ressentait. Si seulement Prodige pouvait comprendre aussi.

Début décembre, Florence n'aurait pas pu être plus bas. L'air de la nuit était froid et de la poudre neigeuse colla à ses pieds, quand elle traversa l'allée pour aller à l'écurie. Prodige hennit de joie dès que Florence s'approcha de son box. Celle-ci se précipita à l'intérieur et jeta ses bras autour du cou de la pouliche.

"Je te manque autant que tu me manques", dit Florence d'une voix étranglée, tandis que Prodige lui mettait sa tête dans les cheveux. "Tu ne comprends pas pourquoi je ne m'occupe plus de toi, c'est ça, hein? Je ne t'ai pas abandonnée, c'est juré. Je préférerais être avec toi que consignée à la maison, mais je ne peux rien y faire pour l'instant, si ce n'est continuer à travailler. Je t'aime toujours."

Le cheval lui donna de petits coups et grogna joyeusement. Florence mit sa joue contre le cou doux et tiède de Prodige. Au moins, la pouliche continuait à grandir, c'était déjà une consolation. Le mois prochain, le premier janvier, Prodige aurait officiellement un an, et elle commençait à ressembler à un cheval adulte. Il lui fallait encore beaucoup grandir, mais Florence l'avait mesurée la veille, Prodige faisait 1,42 m à l'épaule. Peu à peu, elle rattrapait les autres poulains de son âge. Pourtant, Florence ne savait que trop bien qu'il ne restait plus qu'un mois à Prodige. Un jour ou l'autre, en janvier, M. Delacroix et M. Smets viendraient inspecter les yearlings et décideraient lesquels seraient vendus aux enchères.

Cette pensée l'effraya. Elle se sentait si impuissante.

"Je sais que mon prochain carnet va être meilleur, Prodige", elle soupira, "alors je pourrai à nouveau m'occuper de toi. Continue à manger et à grandir. C'est important pour nous deux."

Prodige inclina la tête et toucha l'épaule de Florence des naseaux.

"Je m'occuperai toujours de toi. J'en mourrai si on

t'envoie aux enchères. Mais ça n'arrivera pas, j'en suis sûre. Je pense à toi tout le temps, même quand je ne suis pas là.''

Prodige hennit comme si elle approuvait. Pourtant, dès que Florence eut quitté le box, Prodige baissa la tête et lui lança un regard quasi accusateur.

Florence sentait son cœur se briser. Ce fut encore pire quelques jours plus tard, quand, en arrivant au box, elle vit le mot de Sophie: ''Elle refuse la nourriture. Elle n'a mangé que la moitié de sa ration. J'ai hésité à te le dire, mais je crois qu'elle ne mange pas parce que tu lui manques. J'en parlerai à ton papa.''

Florence froissa le papier dans sa main et, pitoyablement, pressa son front contre le cou de Prodige. C'était exactement ce qu'elle craignait.

Voilà Noël qui était tout proche. Elle aurait dû être heureuse et excitée, et pas au bord des larmes!

Elle essaya de parler à son père au sujet de Prodige, le lendemain, mais il était préoccupé par une jument malade et ne semblait pas s'intéresser à Prodige. ''Leur appétit connaît des hauts et des bas, Florence, et avec le temps pourri que nous avons eu, elle a manqué d'exercice. Elle va bien.''

Très tôt, le matin de Noël, Florence fut réveillée par la voix de Thomas. ''Lève-toi, Florence, viens voir ce que le père Noël a apporté! Il y a plein de cadeaux!''

Florence ouvrit un œil. ''Il n'est même pas 7h! Et que faisais-tu en bas? Tu sais bien que maman et papa t'ont dit de les réveiller d'abord.''

''Je n'ai rien ouvert. J'ai juste regardé. Viens! Lève-toi!''

98

"Vas-y et appelle maman et papa", lui dit-elle, "je vais réveiller Laura."

En quelques minutes, la famille au complet était réunie dans le salon autour de l'arbre de Noël.

Thomas se rua vers le sapin et s'en prit avec ardeur à sa pile de cadeaux. Il les ouvrit en un temps record.

"Regardez, j'ai le camion que je voulais! Et des tortues Ninja. Et un ballon de foot! Le père Noël m'a apporté presque toute la liste que j'avais faite!", cria-t-il.

"Sûrement parce que tu as été un gentil garçon cette année", sourit sa mère, "à qui le tour?"

Laura s'était glissée vers le sapin et était déjà en train de distribuer les cadeaux. Cela c'est pour Florence. Celui-là pour moi et un pour maman..."

D'un coup, ils eurent tous une pile de présents devant eux. La plupart des boîtes de Laura contenaient des vêtements. Elle était aux anges. Quand Florence ouvrit ses cadeaux, elle découvrit les deux choses qu'elle avait le plus désirées: une bombe neuve et une culotte de cheval!

"Merci!", cria-t-elle. Elle courut vers ses parents et les embrassa. Elle ne s'attendait vraiment pas à ce que ses parents lui offrent cet équipement de cheval qu'elle avait demandé. Mais quand pourrait-elle l'utiliser?

Le salon était jonché de papier d'emballage et de rubans. Florence et Laura mirent de l'ordre, tandis que Thomas se traînait par terre avec son nouveau camion. Leurs parents allèrent à la cuisine préparer un copieux petit déjeuner de Noël.

Florence devait encore aller donner son cadeau à

Charles et elle décida de le faire après le petit déjeuner. Les lads et les jockeys qui restaient au haras pour les fêtes auraient un grand dîner de Noël dans les quartiers du personnel, avec les vœux de M. Delacroix. Charles n'avait pas de famille et Florence savait qu'elle le trouverait. Elle frappa à sa porte et l'entendit arriver en traînant les pieds. Il sembla vraiment surpris de la voir.

"Joyeux Noël, Charles!" Elle sourit et lui tendit un paquet dans son emballage brillant.

"Pour moi? Pourquoi as-tu fait ça?", mais le visage du vieil homme rougit de plaisir.

"Ce n'est pas grand-chose, mais vous avez été si bon avec Prodige et vous m'avez aidée et tout ça."

"C'est vraiment gentil de ta part. Il se trouve que j'ai trouvé un petit quelque chose par là avec ton nom dessus."

Florence était sidérée. Elle n'attendait rien de Charles. Sur la table, près de la porte, il prit un paquet mince, enveloppé d'étoffe. "J'ai pensé que ça pourrait te plaire. Je n'en ai plus l'usage."

Florence arracha le tissu et découvrit une cravache de jockey. Elle était d'un beau cuir repoussé et les initiales C.B. étaient gravées sur le manche. Elle en resta bouche bée de plaisir. "Mais c'est la vôtre!"

"Je ne crois pas t'avoir dit que j'ai été jockey, il y a bien longtemps, c'est comme ça que j'ai commencé."

"Merci! J'en prendrai bien soin!"

"Je le sais et ces mouchoirs auront leur usage aussi." En rentrant chez elle, Florence s'arrêta à l'écurie pour rendre visite à Prodige. Comme elle y pénétrait, elle vit Eric et Marc ainsi que d'autres lads, réunis dans le bureau.

"Mais, n'est-ce pas Mlle Noël?", lança Marc, "ai-je droit à ma hotte de cadeaux aussi?"

Les autres se mirent à glousser.

"Ah, laisse-la tranquille", dit Eric.

"Mais qui a jamais entendu parler d'une hotte de Noël pour un cheval? Comme si un cheval savait ce qui se passe."

"Je pense que c'est une pensée vraiment généreuse", dit Eric, "que fais-tu de l'esprit de Noël?"

"D'ordinaire je garde mes présents pour des gens."

Marc se mit à rire.

Florence savait qu'il ne s'agissait que de gentilles taquineries. "Ouais, Marc, tu as quelque chose contre?", lança-t-elle en retour.

"C'est sûr qu'elle a beaucoup fait pour cette pouliche", ajouta un des palefreniers.

Mais je ne peux plus rien faire, pensa Florence, maussade.

L'envie de plaisanter s'estompa. Elle était sûre que Prodige maigrissait. La pouliche n'était plus aussi guillerette. Et Florence avait eu beau travailler dur, elle n'avait obtenu qu'un C en math. Ses parents lui avaient dit que, tant qu'elle n'aurait pas un B, il ne serait pas question qu'elle s'occupe à nouveau de Prodige.

Un vendredi après-midi, par une froide journée, juste après le Nouvel An, Florence termina ses devoirs plus vite que d'habitude. Il faisait encore jour, quand elle quitta la maison pour l'écurie.

A la porte, elle se figea sur place. M. Delacroix et M. Smets étaient dans un box et examinaient un yearling. L'entraîneur avait un écritoire à la main et prenait des notes.

Soudain, Florence eut froid. Elle savait bien ce qu'ils faisaient: ils étaient en train de décider quels yearlings resteraient au haras et quels autres seraient vendus. Elle savait aussi que Prodige n'était pas au mieux de sa forme!

Les hommes se dirigèrent vers un autre box. Florence entendait leurs commentaires. "Bon squelette, encolure large, bon aspect des paturons. Gardons celui-là."

Florence se sentit gelée jusqu'aux os. Son cœur battait la chamade, tandis que les deux hommes passaient de box en box vers celui de Prodige. Deux poulains furent hautement appréciés. Deux autres n'eurent pas cette chance. Dans les deux cas, M. Delacroix avait dit sèchement: "Celui-là va aux enchères."

Puis ils entrèrent dans le box de Prodige. Comme ils l'avaient fait pour les autres poulains, ils examinèrent les jambes de Prodige, passèrent leurs mains sur ses flancs, vérifièrent ses pieds et se reculèrent pour la regarder sous tous les angles.

Prodige était inquiète et malheureuse à cause de ces deux étrangers. Elle s'agitait, grognait et tenta de ruer, quand M. Smets tint son collier. Florence aurait voulu courir pour aller la calmer, mais elle savait qu'elle ne pouvait s'en mêler et si Prodige montrait qu'elle avait du caractère, c'était peut-être le mieux qu'elle puisse faire.

"Nous avons failli perdre cette pouliche", remarqua M. Delacroix, "ça a été une de mes plus grandes déceptions de l'année, compte tenu de ses parents. J'avais vraiment de grands espoirs dans ce croisement." Il secoua la tête. "Elle a du bon pourtant. La jambe bien droite et l'avant-bras fort, une cage thoracique bien développée, comme son père. Elle pourrait bien avoir la même résistance avec une capacité pulmonaire pareille."

"Elle est frêle", dit l'entraîneur, "pas prête de finir de grandir. Elle pourrait éventuellement faire quelque chose, mais ça prendra du temps. Est-ce que ça vaudra la peine d'attendre? Je doute qu'elle puisse courir à deux ans. On prend un sérieux risque avec elle."

Florence respirait à peine, sa gorge était nouée de peur et de colère aussi, à cause des remarques de M. Smets.

M. Delacroix était pensif, pas encore décidé. "Il y a toujours le potentiel d'une poulinière. Sa mère a été une merveille."

"Cela ne veut pas dire que la fille fera de même, Philippe Demoulin dirait comme moi. Vous pouvez tenter le coup, mais ça vous coûtera bien plus de l'élever que de la vendre, surtout si elle s'avère mauvaise. Cela ne vaut pas la peine, alors que vous avez tant de yearlings excellents."

M. Delacroix se renfrogna, puis il fit un bref signe de la tête.

"OK, inscrivez-la pour la vente aux enchères des yearlings de Ronchamps. Laissons un autre tenter sa chance avec elle. Avec le pedigree qu'elle a, il y aura quelques preneurs."

Smets fit des annotations sur son écritoire et les deux hommes s'apprêtèrent à quitter l'écurie.

Florence ne réfléchit même pas à ce qu'elle faisait. Elle était hors d'elle. Comment pouvaient-ils décider aussi froidement de l'avenir de Prodige? Elle se précipita vers son box et affronta les deux hommes.

"Non!", cria-t-elle, "vous ne pouvez pas la vendre. Vous ne lui avez pas donné sa chance. Vous n'avez pas vu comme elle a progressé. Et elle en veut! Elle sera formidable, je le sais. Je vous en prie, donnez-lui plus de temps."

Les deux hommes étaient abasourdis par l'éclat de Florence. Elle avait trop peur pour l'avenir de Prodige pour penser qu'elle s'était mêlée de quelque chose qui ne la regardait pas. Mais quand il s'agissait de Prodige, elle était concernée!

M. Delacroix se remit le premier de sa surprise. Il baissa le regard sur le visage implorant de Florence et sembla se souvenir d'elle d'un coup. "Tu es la fille de Demoulin, n'est-ce pas? C'est toi qui t'es occupée de cette pouliche?"

Florence fit oui de la tête.

Il se retourna vers Prodige et fronça les sourcils. "Je dois dire que la pouliche a fait mieux que je ne l'espérais."

"Elle s'améliore constamment, M. Delacroix", implora Florence, "seulement elle a encore beaucoup à faire, surtout après la grippe qu'elle a eue, peu après sa naissance. Et je m'occuperai d'elle. Cela ne vous coûtera rien, je veux dire, seulement la nourriture."

Aux dernières paroles de Florence, les lèvres de

M. Delacroix dessinèrent un mince sourire. Puis il dit:
"Alors tu penses qu'elle en veut?"

"Oui! Je suis affirmative."

M. Smets secouait la tête. "La pouliche ne vaut pas la peine d'essayer."

M. Delacroix jeta un autre coup d'œil à Prodige. "Ce manège n'est pas une entreprise philanthropique."

"Je sais", murmura Florence. Elle ferma les yeux un instant, redoutant ce qui allait suivre.

"Je ne sais toujours pas si cette pouliche a le potentiel d'un cheval de course", dit-il, après un long silence, "mais je dois admettre qu'elle a eu des problèmes. On lui donne encore un mois. Pour voir si tu as raison. Mais ne te fais pas trop d'illusions, malgré tout. Si dans un mois, elle n'a pas l'air bien, elle part."

Florence était trop soulagée et reconnaissante pour penser au côté négatif des choses. Elle resta seulement bouche bée.

"Merci, Monsieur! Vous verrez une différence dans un mois, je le sais!"

"J'espère que tu as raison." Il rejoignit l'entraîneur et tous deux allèrent dans le box suivant.

"Je crois que vous faites une erreur", dit M. Smets. Delacroix haussa les épaules. "Qu'est-ce que c'est qu'un mois?"

Chapitre 12

Après avoir calmé Prodige, Florence courut à la re-
cherche de Charles. Elle devait faire quelque chose
pour sauver Prodige et, pour cela, il lui semblait que
Charles était le seul qui pourrait ou voudrait l'aider.
Elle le trouva dans les écuries d'entraînement, avec les
palefreniers.

Cette fois, elle n'attendit pas qu'il eût fini sa conversation. Elle courut à l'intérieur et fit des signes de main
frénétiques, jusqu'à ce que Charles la voie et vienne
vers elle. ''Rien qu'à voir ta tête, je vois qu'il se passe
quelque chose.''

Florence lui raconta vite comment elle avait affronté
M. Delacroix.

Charles partit d'un grand rire. ''Tu as du cran, ma
petite, c'est moi qui te le dis. Tu aurais pu en prendre
plein la tête pour t'être mêlée de ça.''

''Mais ils voulaient vendre Prodige!''

''Je sais. Je sais'', Charles repoussa son chapeau en
arrière, ''je suppose que tu veux que je te donne un
conseil. Eh bien, cette pouliche poussera à son rythme,
mais je connais deux ou trois choses qui pourraient

l'aider. Nous pourrions améliorer son alimentation, ajouter un peu plus de blé concentré, mais pas trop cependant. Certains éleveurs mettent leurs jeunes chevaux directement au concentré sans foin, pour les engraisser avant les enchères. C'est vrai qu'ils poussent plus vite, mais ce n'est pas forcément bon pour les animaux. Cela peut conduire à une maladie des os et des jointures, et, de toute façon, les bêtes deviennent grasses mais pas musclées pour autant.''

''Cela la perturbe, Charles, que je ne m'occupe plus d'elle. Sophie dit qu'elle ne mange pas bien et je vois bien la différence!''

Le vieil homme réfléchit. ''Le temps que tu passes avec elle est une affaire entre tes parents et toi, ça ne me regarde pas.''

''Je sais'', grogna Florence, ''je dois parler à mes parents. C'est tellement important maintenant. Mais que faire pour lui donner meilleure allure?''

''Eh bien, je suggérerais un programme d'exercices, surtout à cette époque de l'année, où il fait trop mauvais pour mettre les chevaux dehors dans les enclos. Ils perdent un peu leur forme. Or, c'est ça qui impressionnera le plus Delacroix: un poitrail et un arrière-train bien musclés et un air de bonne santé. Je veux que tu la fasses marcher tous les jours, de longues promenades, pas seulement deux, trois tours autour de l'enclos. Emmène-la en haut de la colline, en augmentant progressivement la distance. Ne la fatigue pas, ça lui ferait plus de mal que de bien, maintiens-la simplement en forme. Cela veut dire que tu devras traîner dans la neige et la boue.''

"Mais je ne sais pas si mes parents me le permettront!", Florence était découragée. "L'après-midi, je dois finir mes devoirs et il fait nuit si tôt..."

"Viens, allons voir ton père pour lui parler du régime au moins", il se renfrogna, "tes notes montent?"

"Oui, mais je n'ai encore qu'un C en math sur mon dernier carnet et mes parents exigent un B avant de me laisser m'occuper de Prodige à nouveau."

"Humm. C'est dur les maths, hein?"

"Vraiment dur, mais j'ai essayé! Vous savez comme j'ai envie d'aller aux écuries pour prendre soin de Prodige."

Charles réfléchit une minute. "Dis à ton père ce que tu viens de me dire et je te soutiendrai."

Ils trouvèrent le père de Florence dans un box, en train d'examiner une jument, qui s'était étiré un tendon. Il sourit en voyant sa fille. "Il paraît que tu as eu une discussion avec M. Delacroix."

Florence rougit. Elle aurait dû se douter que les nouvelles se répandraient vite.

Mais à sa surprise, son père n'était pas en colère de ce qu'elle avait fait. En fait, il semblait assez fier qu'elle se soit battue pour la pouliche.

Il écouta ce que Charles avait à lui dire sur le régime alimentaire et fit oui de la tête. "Une petite augmentation de ration ne devrait pas lui faire de mal", approuva-t-il, "je vais le noter sur sa fiche."

"Mais papa, il y a quelque chose de plus important!", Florence, inquiète, hésita, regarda ses pieds, puis releva la tête vers son père. "Charles pense que ce serait une bonne idée de faire faire à Prodige *beaucoup* d'exercice. Et Prodige ne mange pas comme elle devrait. Sophie pense que je lui manque. Et elle me manque aussi! Je crois que ce serait mieux si nous pouvions à nouveau être ensemble. Pendant le mois prochain, je pourrais peut-être l'emmener promener, et faire mes devoirs après? Je te les montrerai tous les soirs pour que tu vérifies qu'ils ont été faits.''

Il fronça les sourcils. ''Je m'attendais plus ou moins à cette question. Je dois en parler à ta mère. Je te donnerai la réponse.''

Ses parents ne lui firent part de leur décision qu'après la vaisselle du soir, quand Laura et Thomas furent partis dans le salon pour regarder la télévision.

''Ton père m'a raconté ce qui s'était passé cet après-midi'', dit sa mère, ''je sais ce que tu penses de la vente de Prodige. Tu mets toute ton énergie et ta concentration sur ce cheval et je ne veux pas que tu recommences comme auparavant.''

''Mais Prodige est punie autant que moi!'', cria Florence, ''elle ne mange pas, elle tourne dans son box, à broyer du noir. Elle ne comprend pas pourquoi je ne m'occupe plus d'elle. Pourquoi devrait-elle partir aux enchères, juste parce que je ne suis pas là? Et un autre propriétaire ne comprendrait pas. Il ne saurait pas ce qui ne va pas.''

''Arrête, Florence'', dit son père, ''nous n'avons pas dit que tu ne pouvais pas le faire.''

''Ah non?''

''J'ai remarqué moi aussi des changements chez Prodige. Nous avons aussi remarqué que tu avais travaillé dur à tes devoirs. Nous avons mis la barre au B, car nous soupçonnions que tu ne ferais rien si la punition n'était pas sévère.''

Sa mère s'approcha et prit la main de Florence.

''Nous aimons tous les chevaux. Je comprends qu'il est important pour toi de garder Prodige au manège. J'aurais ressenti la même chose à ton âge. Et Prodige est spéciale, n'est-ce pas? Elle a beaucoup lutté. Aucun de nous ne désire la voir vendue. Mais dans la situation actuelle, où le haras ne nous appartient pas et où nous n'avons pas le dernier mot, il se pourrait qu'elle soit vendue. Nous voulions te détacher de la pouliche, pour que tu ne souffres pas.''

''Comment le pourrais-je?'', cria Florence.

''Nous sommes d'accord pour que tu travailles avec elle, ce mois-ci. Mais sans négliger ton travail scolaire. Nous voulons encore voir tes devoirs tous les soirs et nous espérons que tu feras du bon travail.''

''Merci, merci beaucoup!''

Mais, à nouveau, son père eut un mot d'avertissement: ''Souviens-toi bien qu'il n'y a aucune garantie, Florence. Tu auras beau faire le maximum, tu ne feras pas grossir Prodige plus qu'elle ne le peut. Delacroix peut encore décider de la laisser partir.''

''Je sais, papa, mais je dois essayer.''

''C'est cette attitude qui nous a décidés à te laisser faire.''

Florence n'avait jamais travaillé aussi dur de sa vie. Tous les matins, avant l'école, elle nourrissait et pansait Prodige, puis nettoyait le box. Tout de suite après les cours, sauf s'il neigeait ou pleuvait à verse, elle la sortait. Elle mettait des bottes et un anorak chaud, et à Prodige une couverture. Toutes deux gravissaient les pistes autour des enclos, avec obstination. Certains jours, la marche était rendue difficile par la gadoue, la neige, le sol gelé ou la boue.

Prodige adorait sortir de l'écurie, mais, au début, elle n'apprécia ni la neige, ni la gadoue. Elle n'avait jamais vu cette chose blanche auparavant et n'avait pas envie d'aller y patauger.

"C'est important, Prodige." Florence l'amadouait. "Tu ne sais pas à quel point! Tu ne veux pas que M. Delacroix te vende, tout de même? Nous ne nous verrions plus, à nouveau, et qui sait comment on te traiterait? On ne t'aimerait pas comme moi je le fais. Si nous restons ensemble, tu dois te faire des muscles et impressionner M. Delacroix."

La pouliche contemplait Florence de ses grands yeux. Ses oreilles tendues en avant, elle semblait comprendre l'intonation irrésistible de la voix de Florence.

C'était le verglas qui inquiétait Florence. Elle ne pouvait prendre le risque que la pouliche glisse ou tombe, et elle choisissait soigneusement son chemin.

Jour après jour, elles pataugeaient du haut en bas de la colline, faisant d'abord un kilomètre, puis deux, puis trois. Souvent elles rentraient à la nuit dans l'écurie, trempées, sales et transies. Florence passait alors une heure de plus à nettoyer Prodige, s'assurant qu'elle était sèche et au chaud, avant de la quitter pour la nuit.

Mais, maintenant que Florence s'occupait d'elle à nouveau, Prodige s'était remise à manger et elle ne boudait plus dans son box.

Un après-midi, Sophie courut vers Florence, le sourire aux lèvres. "Elle a léché tout son seau." Sophie rit. "Bon signe ça! On ne la vendra pas si on s'y met." Anne était tout aussi encourageante, bien que Florence n'ait guère de temps pour voir son amie en dehors de l'école. Un après-midi, Anne vint au haras pour cheminer avec Florence et Prodige sur leur trajet journalier. "Quel travail!", dit Anne, quand elles eurent regagné l'écurie, "nous venons de faire cinq kilomètres dans la boue!"

"Je sais", soupira Florence, "amusant, non?"

Plus tard, Florence rentra chez elle et ouvrit ses livres. Elle était épuisée. Elle ne s'occupait pas aussi bien d'elle que de Prodige et n'arrivait pas à récupérer. C'est à peine si elle eut le courage d'enfiler son pyjama. Elle se faufila dans son lit, et là, sa tête tomba sur l'oreiller et elle sombra dans le sommeil.

Le lendemain, elle se réveilla avec un mal de gorge, les yeux larmoyants et le nez bouché.

Elle cacha bien ses symptômes, se força à aller à l'école, mais elle grelottait quand elle revint de sa promenade avec Prodige, après les cours. Sa mère remarqua ses joues rouges, le soir, au dîner.

"As-tu pris froid, Florence?", demanda-t-elle.

Florence ne tenait pas à ce que sa mère sache à quel point elle se sentait flapie. "Juste un petit rhume."

Sa mère lui mit une main sur le front. "Tu es brûlante! File vite au lit! Je vais t'apporter du jus de fruit et de l'aspirine."

"Ça va, maman... vraiment...", mais Florence protestait faiblement. Elle n'avait qu'une envie: se blottir dans son lit. Elle avait si froid. *Demain matin, j'irai mieux*, pensa-t-elle.

Mais ce ne fut pas le cas. La fièvre montait. Sa mère ne voulait pas qu'elle sorte de son lit.

"Et Prodige?", protesta Florence.

"Nous surveillerons Prodige. Toi, repose-toi."

Florence se rongea les sangs après le départ de sa mère. Qu'est-ce qui lui prenait d'être malade maintenant? C'était le pire moment! Chaque jour comptait. M. Delacroix viendrait bientôt revoir Prodige. Mais elle devait bien admettre qu'elle était trop malade pour sortir de son lit. Elle sombra dans un sommeil agité.

"Florence?"

Florence entendit vaguement appeler son nom et ouvrit les yeux. Laura était près de son lit avec un plateau.

"Je t'ai apporté un peu de soupe", dit Laura, "j'ai pensé que tu aurais peut-être faim. Maman dit que tu as dormi toute la journée."

Florence se redressa sur les coudes, et Laura tapota les oreillers derrière sa sœur, puis posa le plateau sur les genoux de Florence.

"Comment te sens-tu?", demanda Laura.

"Moins brûlante", réussit à dire Florence d'une voix rauque, qui lui sembla très bizarre. Florence n'avait pas faim, mais elle prit la cuillère.

"Anne a appelé" dit Laura, "elle se demandait pourquoi tu n'étais pas en classe et elle te souhaite un prompt rétablissement."

"Salue-la pour moi." Florence avait mangé une partie de la soupe mais ne pouvait plus en avaler une seule goutte. Elle posa la cuillère.

"Tu veux autre chose?", demanda Laura.

Florence secoua la tête. Elle n'en croyait pas ses yeux de voir sa sœur si gentille.

"Comment va Prodige?"

"Bien, je pense. Maman et papa s'en occupent. Ils ne sont pas encore rentrés pour dîner."

Florence se renversa contre ses oreillers. Pourquoi fallait-il qu'elle se sente si mal?

Florence se rendormit. Elle n'eut aucun souvenir des deux jours suivants, si ce n'est que sa mère et son père montaient avec des médicaments ou de la nourriture. Mais, le troisième jour, à son réveil, elle avait moins froid et était moins endolorie.

Sa mère lui apporta un jus de fruit. Florence regarda l'heure à son réveil. Il était 9h. Laura était déjà partie pour l'école.

"Salut, maman", dit Florence.

"On dirait que tu vas un peu mieux." Sa mère sourit en lui tendant le jus, puis elle eut des gestes maternels familiers, toucha la tête de Florence, et lui posa des questions sur son mal de gorge.

"Je pense que le pire est passé", dit -elle, "encore quelques jours au lit..."

"Quelques jours!", s'exclama Florence.

"Nous verrons. Pour le moment, repose-toi."

Florence essaya. Elle dormit un peu, puis lut ses magazines d'équitation. Elle se força à manger tout le repas que sa mère lui monta. Juste après, Florence leva les yeux de ses journaux et vit Charles Bayer, sur le pas de la porte, son chapeau à la main.

"Salut, Charles!", s'exclama-t-elle, "qu'est-ce que vous faites là?"

"On m'a dit que tu n'allais pas très bien", dit-il en entrant dans la chambre. Il s'assit sur la chaise, près du lit de Florence.

"Je vais beaucoup mieux aujourd'hui", dit-elle. Puis une idée affreuse lui traversa la tête. Elle se redressa comme un piquet.

"Il est arrivé quelque chose à Prodige!"

"Non, la pouliche va bien. Je pensais que tu pourrais t'inquiéter."

"Je me suis inquiétée. Elle n'a pas fait de marche. Et M. Delacroix ne va pas tarder à revenir..."

"Ne t'en fais pas. Elle a fait de la marche. Si je n'étais pas si vieux et perclus de douleurs, je l'aurais fait moi-même, mais tu as eu des aides. Ta mère et cette amie que tu as, l'ont sortie."

"Anne? Maman? Pourquoi personne ne me l'a dit?"

"Je ne crois pas que tu étais en état d'entendre, ma petite demoiselle. Tu as eu une grosse grippe."

Florence soupira, puis fronça les sourcils.

"J'ai un vague souvenir d'Anne en train de me parler, mais je croyais rêver. Comment va Prodige, Charles?", demanda-t-elle avec curiosité.

"Comme un charme. Je l'ai examinée et mesurée hier. Elle a pris deux ou trois centimètres à l'épaule ces derniers mois. Un peu plus de quatorze paumes maintenant. Elle va finir sa croissance en un clin d'œil. Je ne pense pas qu'elle fasse plus de quinze paumes et demie, mais j'ai connu des tas de bons chevaux de course de cette taille."

"Vous pensez que la marche lui fait du bien? Pensez-vous que M. Delacroix changera d'avis?"

"Je ne sais pas ce que va faire Delacroix, mais moi elle m'a impressionné. Ne te fais pas de soucis. Sors-toi seulement de cette sale grippe."

"Certainement", dit Florence avec détermination.

Rester au lit laissait à Florence beaucoup de temps pour réfléchir. Et si le pire avait bien lieu et que M. Delacroix décide d'envoyer Prodige aux enchères? Combien un acheteur serait-il prêt à payer Prodige? Florence avait 9 000 F sur son compte d'épargne. Ils devaient servir pour ses études, mais ses parents accepteraient peut-être de faire une entorse pour cette urgence-là?

Quand son père monta voir comment elle allait, elle lui demanda le prix que pourrait atteindre Prodige.

"C'est difficile à dire exactement. Elle a un bon pedigree, mais certains acheteurs pourraient se demander pourquoi Delacroix met en vente une des pouliches de Tonnerre. Je dirai qu'elle fera monter les enchères à 30 000 F et plus."

"Oh", gémit-elle, "c'est beaucoup." Ses espoirs d'acheter elle-même Prodige se retrouvaient plus aplatis qu'une crêpe. Et elle n'avait pas besoin de le demander, ses parents n'avaient pas la différence.

"Je sais que tu t'inquiètes, Florence, mais ce n'est pas ça qui t'aidera à guérir."

Ce soir-là, elle appela Anne pour la remercier.

"Mais c'était amusant, Flo! Cela m'a plu et Prodige est si mignonne. On dirait qu'elle comprend ce qu'on lui dit. Elle écoute et fait de son mieux. Je ne pourrai pas venir demain, mais après-demain. Je t'apporterai du travail à faire. A bientôt.''

Après deux jours de plus au lit, Florence en eut assez de jouer les invalides. Tant pis pour ce que diraient les autres. Elle devait aller voir Prodige elle-même. Dès que tout le monde fut sorti, elle s'habilla et partit pour l'écurie.

Quand sa mère la vit, elle se précipita vers elle.

''Que fais-tu là?'', la gronda-t-elle, ''es-tu sûre d'aller assez bien?''

''Super bien! Comme si je n'avais pas été malade.''

''Les miracles de la jeunesse'', dit sa mère, ''je sais bien que tu veux voir ce que fait Prodige. Vas-y doucement. Une heure avec Prodige et retour à la maison pour te reposer. J'irai la promener.''

''Merci beaucoup pour ton aide, maman.''

Sa mère lui posa un baiser sur la joue.

''Tu l'as mérité. Prodige aussi. Nous sommes une famille à chevaux, non?''

Prodige hennit joyeusement quand Florence entra dans son box. Celle-ci se précipita sur le cheval et entoura son cou de ses bras.

''Je t'ai manqué autant que toi tu m'as manqué, dis-moi? Je suis si contente de te revoir! J'étais si soucieuse, mais tu es vraiment belle! Charles avait raison. Oh, Prodige, je ne sais pas ce que je ferai si M. Delacroix décide de te vendre.''

Le cheval nicha tendrement sa tête contre l'épaule de Florence.

Elle passa une heure merveilleuse avec la pouliche. Elle la pansa soigneusement, surprise de voir que maintenant l'épaule du cheval était plus haute que la sienne. Puis elle s'assit dans la paille et parla à la pouliche. Prodige adorait ça et gardait la tête penchée pour souffler légèrement, avec affection, sur la joue de Florence, qui soupirait de contentement. Elle donna à Prodige plus de carottes qu'elle n'aurait dû.

Mais quand sa mère vint lui dire de remonter à la maison, Florence partit de bon gré. Elle avait dû être bien malade pour se fatiguer si vite.

Quand Anne arriva, Florence s'ennuyait à nouveau à tourner en rond dans sa chambre. Anne se laissa tomber sur le lit et sortit du travail pour Florence.

"Ton prof de math te signale que tu fais du bon travail."

"Vraiment?" Florence était soulagée, mais elle pensait à Prodige. Elle venait de regarder le calendrier et de réaliser qu'il ne lui restait plus qu'une semaine.

Avant de se mettre au travail, Florence dit à Anne que Charles avait mesuré Prodige et qu'elle avait beaucoup grandi.

"Charles pense que M. Delacroix verra la différence. Je suis allée à l'écurie un petit moment, ce matin. Elle a l'air *vraiment* bien, mais j'ai peur, Anne: plus qu'une semaine avant le verdict de M. Delacroix!"

"Ça ira", dit Anne, "M. delacroix va changer d'avis et la garder."

Florence aurait aimé en être aussi sûre. Aurait-elle fait tout cela pour rien? Allait-elle perdre, *à nouveau*, quelque chose qu'elle aimait?

Chapitre 13

Florence avait passé la matinée avec Prodige. Elle avait commencé par la panser avec soin. Elle avait étrillé et brossé sa robe cuivrée, puis l'avait fait briller avec un chiffon doux. Enfin, elle avait coiffé la crinière soyeuse ainsi que la queue et nettoyé les sabots de la pouliche.

Maintenant, elle était derrière elle et l'inspectait. Aux yeux de Florence, la pouliche était splendide. Ses muscles étaient fermes et saillaient sous sa robe. Sa tête finement modelée était haute et ses yeux étaient brillants et vifs. Prodige regardait Florence, oreilles dressées, et caracolait dans le box pour jouer avec elle. Pas de doute, Prodige était maintenant un animal fort et en bonne santé. Le seul défaut que lui trouvait Florence était d'être encore petite en comparaison des autres yearlings. Mais Florence ne pouvait en faire plus. Maintenant tout dépendait de M. Delacroix.

Elle entendit la voix de M. Delacroix au bout de l'écurie. Elle espérait presque qu'il aurait oublié l'inspection et laisserait Prodige à l'écurie. Mais il n'avait pas oublié.

A contrecœur, Florence quitta le box, non sans une dernière caresse à Prodige.

Elle pressa ses mains l'une contre l'autre, tout en remontant l'allée de l'écurie. Elle avait peur à en avoir mal au ventre. Elle vit M. Smets entrer avec son écritoire à la main. Quand il ouvrit la porte, elle aperçut, dehors, un certain nombre de palefreniers réunis là. La rumeur avait circulé dans le haras que Delacroix prendrait sa décision pour Prodige, le jour même. Charles lui avait dit qu'absolument tout le monde croisait les doigts pour elle et sa pouliche. Mais ça ne changerait rien, si Prodige ne plaisait pas à M. Delacroix.

Quand Florence eut rejoint les adultes, M. Delacroix dit brusquement: "Tu as travaillé dur à ce qu'on dit."

La gorge de Florence se serra. Elle fit oui de la tête.

"Pourquoi ne la ferais-tu pas marcher dehors dans la cour. On la verrait mieux."

Florence fut effrayée à l'idée d'emmener Prodige devant tous ces gens qui la fixaient, mais elle était contente que M. Delacroix fasse plus qu'une simple inspection dans le box. Il devait voir Prodige en mouvement et Florence savait que la pouliche ferait de son mieux, si c'était elle qui la conduisait.

Florence retourna au box, attacha la longe et fit sortir la pouliche.

"OK, ma fille", murmura-t-elle à Prodige, "fais de ton mieux."

Elle était hébétée mais déterminée. Son père avait ouvert en grand les portes de l'écurie, et un vent froid s'engouffra à l'intérieur, mais Florence ne sentit rien.

M. Delacroix et M. Smets étaient déjà sortis dans la cour pour observer. Son père l'arrêta au moment où elle allait sortir.

"Enlève la couverture", dit-il, "personne ne verra ce qu'elle a de bien, si elle est couverte."

Florence fit oui de la tête et resta muette, pendant qu'il détachait les sangles de la couverture et l'ôtait.

"Elle est bien, Florence", dit-il, "tu as fait de ton mieux."

"Merci, papa", dit Florence dans un souffle. Sa gorge était si nouée que sa voix n'était plus qu'un murmure. Elle prit sa respiration, se donna du courage et fit avancer Prodige. La pouliche hésita, quand elles arrivèrent dans la cour. Elle dressa ses oreilles en avant et tourna la tête de chaque côté pour voir ce qui se passait. Elle sentait que le moment était important. Elle s'ébroua avec anxiété et caracola de côté, au bout de la longe.

Florence tenait la corde fermement.

"C'est bien, ma belle", dit-elle avec ses intonations rassurantes, "on va juste faire une petite marche comme les autres jours."

Mais Prodige vit tous les gens qui regardaient. Elle releva la tête et fit presque tomber la longe des mains de Florence. Celle-ci accentua vite sa pression sur la corde.

Florence attendit une seconde que la pouliche se calme, puis elle la fit avancer. Elle priait pour que le caractère de Prodige impressionne les spectateurs. Ils ne pourraient certainement pas douter de la vigueur et de la vivacité de Prodige.

"Viens, Prodige, viens. Montre-leur que tu as tout ce qu'il faut."

Prodige dressa les oreilles. Elle leva les pieds et marcha à côté de Florence, en foulées rapides et élégantes. Florence, nerveuse, conduisit le cheval dans la cour de gravier et lui fit faire le tour de l'écurie. Elle vit Charles, penché sur la palissade d'un enclos, derrière les autres. Il lui fit un signe de tête confiant, et, tout de suite, Florence se sentit mieux.

Dans la foule, elle vit Jean Delacroix aussi. Elle vit qu'il était surpris de l'apparence de Prodige. Malgré lui, il était impressionné. Florence sourit de satisfaction et fit décrire un autre grand cercle à Prodige.

M. Delacroix lui avait seulement demandé de faire marcher Prodige, mais Florence savait qu'elle devait faire son possible pour mettre le cheval en valeur. Elle se mit au pas et fit faire un trot à Prodige.

La pouliche eut un mouvement brusque de la tête mais, de bon gré, suivit son amie avec confiance. Le cheval cambra le cou et souleva élégamment les pieds, se montrant dans sa meilleure forme. Florence devait courir pour suivre les longues foulées du cheval, mais au trot, les hommes pourraient voir la démarche souple et les muscles saillants sous la robe brillante.

Florence crut entendre des murmures admiratifs dans la foule, mais elle n'en était pas sûre. Elle avait peur de regarder les gens en face. Elle fit faire encore un autre grand cercle à Prodige.

Puis M. Delacroix lui fit signe de s'arrêter. Elle avait si peur qu'elle en avait des vertiges. Que pensait-il? Son visage était impassible.

Près de l'écurie, elle vit ses parents, Laura, Thomas, qui regardaient avec anxiété. M. Delacroix et M. Smets vinrent vers elle. Aucun des deux ne souriait. Prodige n'avait peut-être pas fait aussi bien que ça, après tout. S'ils décidaient de ne pas la garder, Florence en mourrait tout simplement.

Sans lui dire un mot, ils regardèrent Prodige. Ils touchèrent ses jambes et passèrent les mains sur ses muscles frémissants. Puis M. Delacroix recula, tourna et observa Prodige d'une distance de plusieurs mètres. M. Smets le rejoignit et ils parlèrent calmement ensemble. Florence n'entendait pas ce qu'ils disaient. L'espace d'une seconde, elle eut un sentiment des plus étranges, comme si tout s'obscurcissait. Puis Prodige hennit et lui toucha l'épaule. Florence reprit alors ses esprits.

Finalement, M. Delacroix vint vers Florence et sourit. "On la garde", dit-il, "un an de plus, en tout cas." Florence eut à nouveau des vertiges, mais de joie, cette fois.

"J'apprécie toujours ceux qui travaillent dur", dit-il, "tu avais raison pour cette pouliche. Elle devrait faire quelque chose. Tu as fait du bon travail avec elle, et ce serait un peu hâtif de l'envoyer aux enchères."

"Merci!", dit Florence dans un souffle. Elle se sentait faible de soulagement et de bonheur.

"Merci à toi", dit Delacroix, "je n'avais pas vraiment envie d'abandonner un poulain de Tonnerre." Il mit une main sur l'épaule de Florence et lui fit un rapide clin d'œil. Puis il rejoignit l'entraîneur et les deux hommes repartirent.

Les genoux de Florence tremblaient tant qu'elle eut du mal à rester debout, mais ses yeux brillaient, quand elle se tourna vers Prodige et enfouit son visage dans le cou du cheval.

"Tu vas rester, ma fille! Je suis heureuse à en mourir!"

Sa famille se précipita vers elle. Même Laura semblait émue.

"Félicitations!", crièrent-ils, "nous sommes fiers de toi!"

"Quand je serai plus grand, moi aussi je sauverai un poulain!", s'exclama Thomas, "tout comme toi, Flo."

"Delacroix avait raison au sujet du travail bien fait", ajouta son père.

Florence jeta un coup d'œil autour d'elle et vit Charles, toujours près de l'enclos. Il lui fit un grand signe et lança: "Ce n'est que le début. Ne mollis pas encore!"

Florence rit. "Très bien, Charles!" Elle savait que ce n'était qu'un début, mais elle brûlait d'impatience de mettre en œuvre ses autres plans pour Prodige! Les images dansaient devant ses yeux: Prodige à l'entraînement, Prodige en course avec Florence en selle, Prodige gagnant une course et elles deux prouvant au monde que Prodige était vraiment un cheval impressionnant!

"Maintenant, nous pouvons rêver, hein, ma belle?", dit-elle au cheval.

Prodige leva haut la tête et lança un perçant hennissement de joie.

124

JOANNA CAMPBELL

LE MANEGE

· DE LA VALLEE ·

N° 2

La première course de Prodige

Florence est très fière: Prodige commence l'entraîne-
ment! Florence est convaincue que Prodige deviendra
un très bon cheval de courses. Mais très vite, il appa-
raît que le cheval n'aime pas son nouvel entraîneur.
Elle refuse d'obéir, et beaucoup de gens au manège
pensent qu'on ne pourra jamais rien en faire!
Bien plus, Prodige ne veut même plus écouter Floren-
ce. Quand un jour, Florence perd le contrôle de la
pouliche, elle-même ne lui fait plus autant confiance.
Peut-être que l'entraîneur avait raison ... et que Prodi-
ge ne deviendra jamais un cheval de courses.

QUATRE AMIES FONDENT UN CLUB,
ET QUEL CLUB!

Lorsque Valérie se rend compte que les parents de son quartier ont des difficultés à faire garder leurs enfants, elle décide de fonder un club de baby-sitting. Ainsi, les parents peuvent contacter une équipe de baby-sitters expérimentées en un seul coup de téléphone.

Le club à énormément de succès et les baby-sitters commencent à gagner de l'argent. Mais cet argent est bien mérité: en effet, les enfants les plus adorables ne sont pas toujours des petits anges! Cependant, Valérie et ses amies ne voudraient renoncer à leur club pour rien au monde. A qui d'autre qu'à leurs meilleures amies pourraient-elles raconter tous leurs secrets?

LA PLUS POPULAIRE SERIE POUR JEUNES FILLES
18 TITRES PASSIONNANTS
SUSPENSE, AVENTURE, SENTIMENTS...
DECOUVRE LE MONDE DU CLUB DES BABY-SITTERS!

A LIRE ABSOLUMENT !

Le Chaudron du Diable
N'approche pas de l'eau
La hantise de Sophie Bartholomew
La vengeance du Corbeau
Le fantôme de la pluie
Le secret de la broderie

MYSTERE EST UNE SERIE DE SIX
HISTOIRES ETRANGES ET CAPTIVANTES
QUI VOUS TIENDRONT EN HALEINE
JUSQU'A LA TOUTE DERNIERE PAGE.

LES SUPER CINQ

UN CLUB D'AMIES INSEPARABLES

Cinq amies inséparables ont formé un club: Les Super Cinq.

Anne Dumont, Nathalie Breton, Caroline Bachelot, Claire Leval et Charlotte Morin sont en effet les meilleures amies du monde depuis l'école primaire; elles partagent tout, leurs joies comme leurs problèmes et chacune d'entre elles sait qu'elle peut toujours compter sur les autres.

Mais voici venu le temps de quitter l'école primaire pour le collège Saint-Exupéry où un nouveau monde s'ouvre à elles et où les Super Cinq doivent sans cesse faire face à leurs plus grandes rivales, les Géniales Quatre. Gageons que leur amitié leur permettra de surmonter ces nouvelles difficultés.